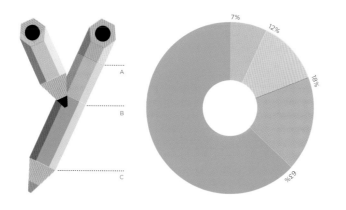

# 我眼中的世界

## 資訊圖像繪本

米蕾雅・特里尤斯／文

何安娜・卡薩爾斯／圖

李家蘭／譯

Y EL

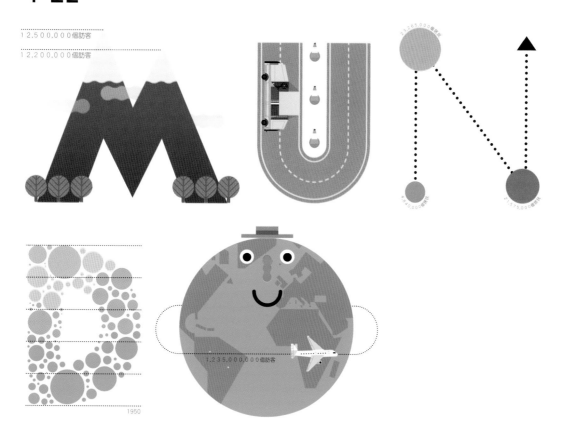

三民書局

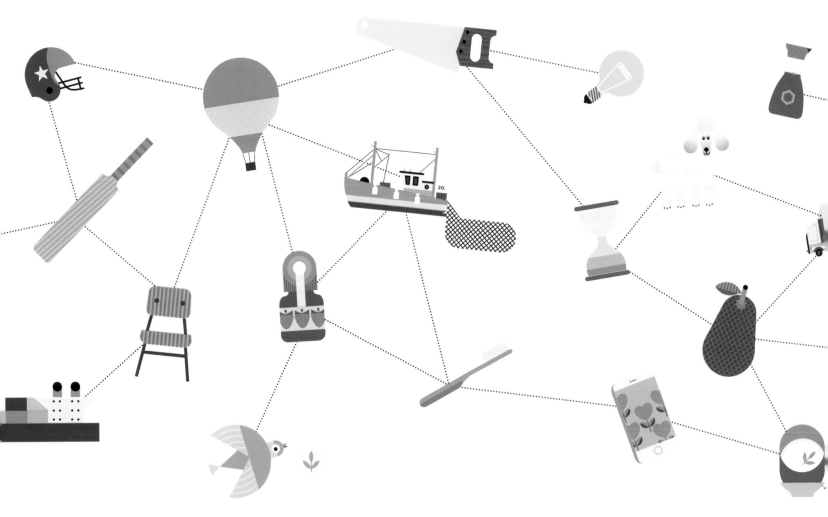

©我眼中的世界

米蕾雅·特里尤斯／文　何安娜·卡薩爾斯／圖　李家蘭／譯

責任編輯／楊雲琦　美術設計／陳奕臻

發行人／劉振強　發行所／三民書局股份有限公司　地址／臺北市復興北路 386 號

電話／ (02)25006600　郵撥帳號／ 0009998–5

三民網路書店／ http://www.sanmin.com.tw

門市部／（復北店）臺北市復興北路 386 號　（重南店）臺北市重慶南路一段 61 號

出版日期／ 2020 年 1 月初版一刷

編號：S858941　ISBN：978–957–14–6657–6

© 2019, Zahorí de Ideas (www.zahorideideas.com)

© Illustrations and design: Joana Casals

© Texts: Mireia Trius

Complex Chinese rights are arranged by Ye ZHANG Agency (www.ye-zhang.com)

Chinese translation right © 2020 San Min Book Co., Ltd.

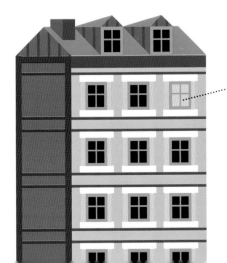

# 我眼中的世界

資訊圖像繪本

米蕾雅‧特里尤斯／文
何安娜‧卡薩爾斯／圖
李家蘭／譯

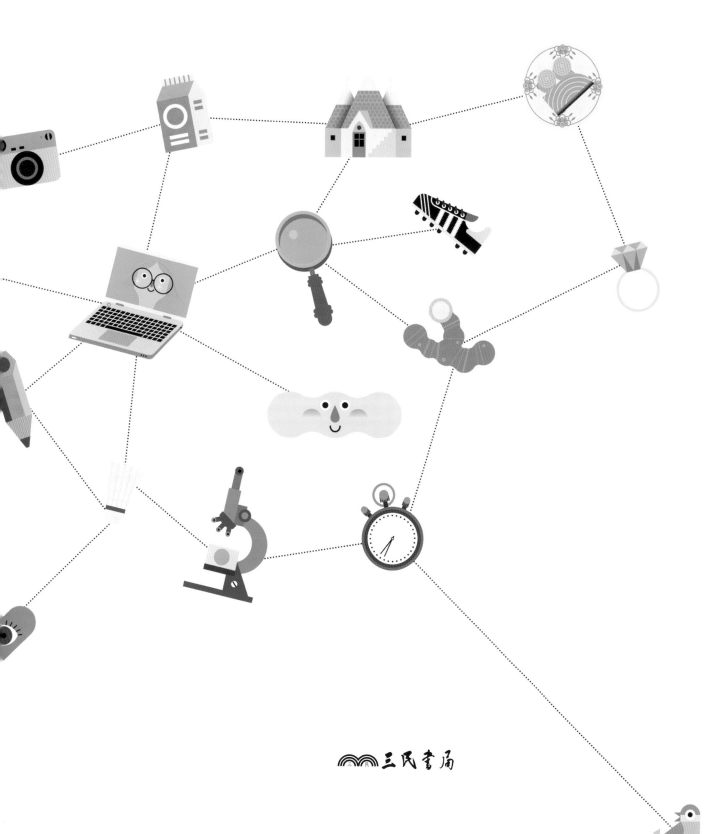

三民書局

**1.**

# 我叫
# 露西亞

10-11

**2.**

我有
一個弟弟

12-13

**3.**

我們家的寵物
是一隻狗

14-15

**4.**

我的國家有
四千六百萬人

16-17

**5.**

我們在家講西班牙語

18-19

**6.**

我的媽媽是獸醫，
我的爸爸是木匠

20-21

**7.**

我們住在公寓

22-23

**8.**
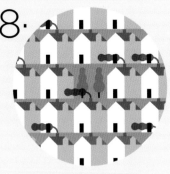

我們居住的城市不是很大

24-25

**9.**
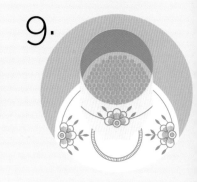

早上我都在家裡吃早餐

26-27

**10.**
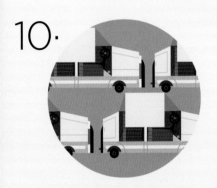

我們乘坐摩托車上學

28-29

**11.**

我們上學的時間很長

30-31

**12.**

我們的學校不用穿制服

32-33

**13.**

我在學校跟同學們
一起吃午餐

34-35

14.

我今天要寫功課

36-37

15.

我會花一點時間上網

38-39

16.

我習慣睡前看一下書

40-41

17.

我喜歡運動

42-43

18.

週末我們可以玩耍

44-45

19.
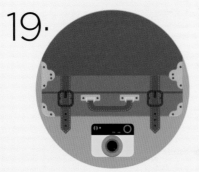

終於放暑假了！

46-47

20.
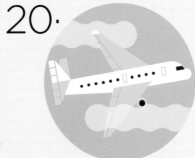

我們要去巴黎嘍！

48-49

21.

用法語說你好和謝謝

50-51

22.

巴黎現在是不是在下雨呢？

52-53

23.

我好想去遊樂園！

54-55

24.

回到家了

56-57

25.

我的生日是9月7日

58-59

26.

我最喜歡的節日是聖誕節

60-61

27.

我們都不是很虔誠的信徒

62-63

28.

如果這世界只有100個人

64-65

29.

資料來源

66-67

詹姆士
艾瑪

連恩
艾瑪

諾亞
艾瑪

瑪利克
易娃娜

阿隆
艾米莉亞

這是
我的國家

傑克 艾米麗亞
奧利弗
奧利維亞
路加

加百烈
露易

喬爾
瑪莉亞
雨果
馬
露西亞

穆罕默德
法提瑪

穆罕默
法

麻麻都
法都烏

瑪努艾爾
瑪利亞德卡門

聖地亞哥
席美娜

史提文森
維德勒妮

賽巴斯迪安
卡米拉

聖地亞哥
瑪麗安娜

路易斯
瑪利亞

米蓋爾
愛麗絲

拉蒙
瑪莉亞

奧古斯丁
蘇菲亞

奧古斯丁
米格蓮賣

聖地亞哥
蘇菲亞

根據每個國家最近一次人口
普查,我發現最近出生的男孩
和女孩大多取了這些名字。

10

我的名字是露西亞，我是西班牙人。我的弟弟叫雨果。

在我的國家，我們的名字很常見，就像每個國家都有當地最流行的名字。

# 1.常見的名字

# 2.不同家庭的組成

1/每個家庭的子女數量
2/從1950年開始計算的子女數量曲線
3/家庭成員結構

我只有一個弟弟，我的父母各自擁有許多兄弟姐妹，但是現在的家庭一般都不會生太多孩子。

現在的家庭擁有各種不同的結構模式。你的家屬於哪一種呢？

## 1/每個家庭的子女數量

- 0～1個孩子
- 1～2個孩子
- 2～3個孩子
- 3～4個孩子
- 4～5個孩子
- 5～6個孩子
- 6～7個孩子
- 7～8個孩子

## 2/婦女平均生育子女數量

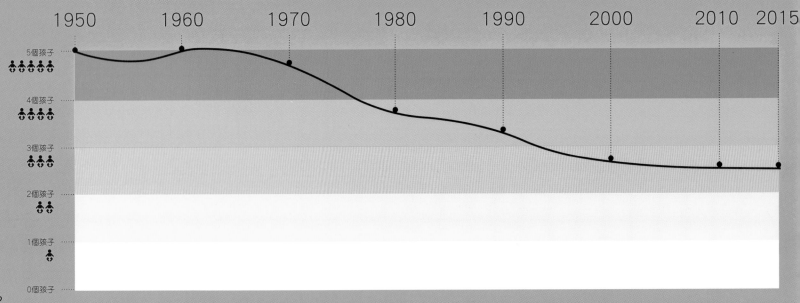

1950　1960　1970　1980　1990　2000　2010　2015

5個孩子
4個孩子
3個孩子
2個孩子
1個孩子
0個孩子

# 3/不同的家庭結構

爸爸或媽媽
+ 兒子或女兒

爺爺或奶奶
+ 孫子或孫女

一對伴侶
+ 兒子或女兒

   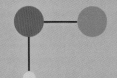  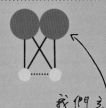

爸爸或媽媽
+ 2個孩子

爺爺和奶奶
+ 孫子或孫女

爸爸或媽媽
+ 兒子或女兒
+ 爸爸或媽媽的伴侶

爸爸或媽媽
+ 兒子或女兒
+ 爺爺或奶奶

爸爸或媽媽
+ 兒子或女兒
+ 親戚

一對伴侶
+ 2個孩子

我們家是像這樣的喔!

   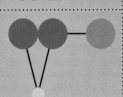 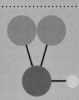 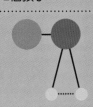

爸爸或媽媽
+ 兒子或女兒
+ 爸爸或媽媽的伴侶
+ 兒子或女兒

爸爸或媽媽
+ 3個孩子

爸爸或媽媽
+ 2個孩子
+ 爸爸或媽媽的伴侶

一對伴侶
+ 兒子或女兒
+ 爺爺或奶奶

爺爺和奶奶
+ 爸爸或媽媽
+ 兒子或女兒

爺爺或奶奶
+ 爸爸或媽媽
+ 2個孩子

 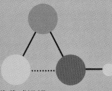    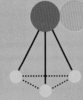

一對伴侶
+ 兒子或女兒
+ 親戚

爺爺或奶奶
+ 爸爸或媽媽
+ 兒子或女兒
+ 爸爸或媽媽的兄弟或姐妹

爺爺和奶奶
+ 2個孫子

爸爸或媽媽
+ 1個共同孩子
+ 爸爸或媽媽的伴侶
+ 1個孩子

一對伴侶
+ 3個孩子

爸爸或媽媽
+ 3個孩子
+ 爸爸或媽媽的伴侶

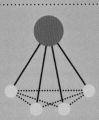 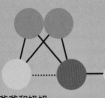 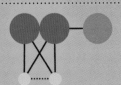 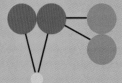  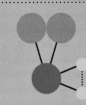

爸爸或媽媽
+ 4個孩子

爺爺和奶奶
+ 爸爸或媽媽
+ 孩子
+ 爸爸或媽媽的兄弟或姐妹

一對伴侶
+ 2個孩子
+ 爺爺或奶奶

一對伴侶
+ 兒子或女兒
+ 爺爺和奶奶

一對伴侶
+ 2個孩子
+ 親戚

爺爺和奶奶
+ 爸爸或媽媽
+ 2個孩子

 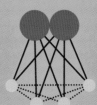 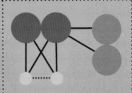   

爸爸或媽媽
+ 1個孩子
+ 爸爸或媽媽的伴侶
+ 1個孩子 + 1個共同孩子

一對伴侶
+ 4個孩子

一對伴侶
+ 2個孩子
+ 爺爺和奶奶

爸爸或媽媽
+ 2個孩子
+ 爸爸或媽媽的伴侶
+ 2個孩子

一對伴侶
+ 5個孩子

一對伴侶
+ 6個孩子

孩子　　爸爸 媽媽　　爸爸或媽媽的伴侶　　爺爺 奶奶　　親戚　　一對伴侶　　爸爸/媽媽 兒子/女兒　　兄弟或姐妹

# 3.寵物

我家還有一個成員叫做丘丘，牠是一隻米格魯。

很多家庭都會養寵物，其中最普遍的是狗。

以下要介紹大家都會喜歡的犬種。

1/養寵物家庭所占的比例

2/不同寵物所占的比例

3/各國喜歡的寵物類型

## 十種最受歡迎的狗

1 拉布拉多犬

2 德國牧羊犬

3 貴賓犬

4 吉娃娃

5 黃金獵犬

牠是我的狗狗丘丘

# 1/養寵物的家庭

有
## 57%

沒有
## 43%

# 2/寵物的種類

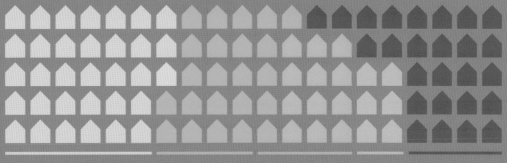

33%　23%　12%　6%　26%

狗　貓
鳥　魚
其他

# 3/各國喜歡的寵物類型

| 美國 | 英國 | 土耳其 | 西班牙 | 南韓 | 俄羅斯 | 波蘭 | 日本 | 中國 | 法國 | 德國 | 義大利 |
|------|------|--------|--------|------|--------|------|------|------|------|------|--------|
| 50% | 27% | 12% | 37% | 20% | 29% | 45% | 17% | 25% | 29% | 21% | 39% |
| 39% | 27% | 15% | 23% | 6% | 57% | 32% | 14% | 10% | 41% | 29% | 34% |
| 11% | 9% | 16% | 9% | 7% | 11% | 12% | 9% | 17% | 12% | 9% | 11% |
| 6% | 4% | 20% | 11% | 1% | 9% | 7% | 2% | 5% | 5% | 6% | 8% |

## 6
約克夏犬

## 7
臘腸犬

## 8
米格魯

## 9
拳師犬

## 10
迷你雪納瑞

15

# 4.世界人口

西班牙是歐洲的一個大國，有四千六百萬居民，卻不是歐洲人口最多的國家。

這樣看起來好像很多人，但是若與中國或印度相比，只不過是地圖上的一個小圓點。

## 1/各國人口數量

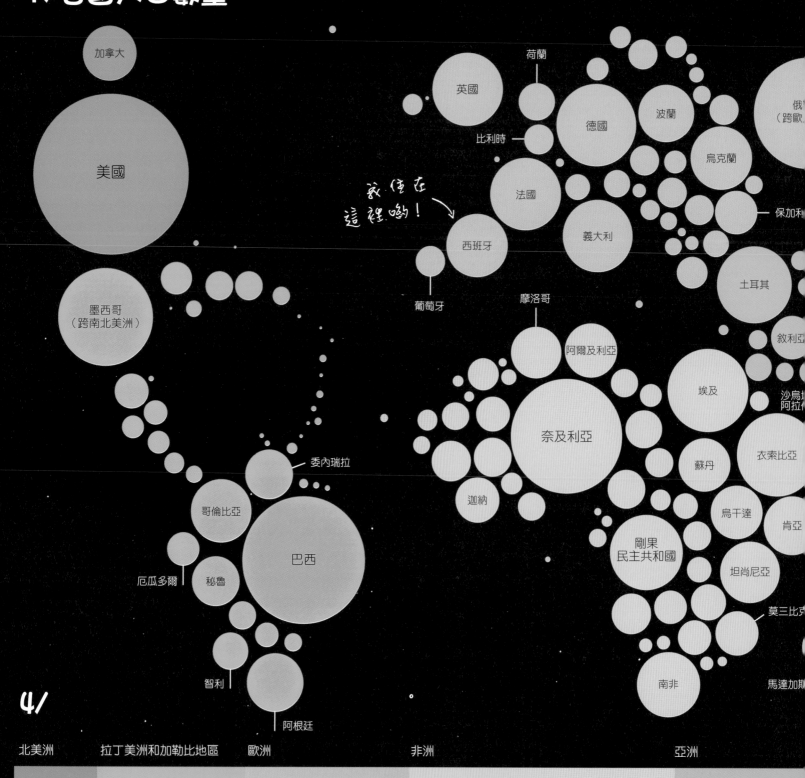

加拿大

荷蘭

英國

德國

波蘭

俄
（跨歐

比利時

烏克蘭

美國

法國

保加利

西班牙

義大利

葡萄牙

摩洛哥

土耳其

敘利

我住在
這裡喲！

阿爾及利亞

埃及

沙烏地
阿拉伯

奈及利亞

衣索比亞

蘇丹

墨西哥
（跨南北美洲）

迦納

烏干達

肯亞

委內瑞拉

剛果
民主共和國

哥倫比亞

坦尚尼亞

厄瓜多爾

秘魯

巴西

莫三比克

智利

南非

馬達加斯

阿根廷

4/

| 北美洲 | 拉丁美洲和加勒比地區 | 歐洲 | 非洲 | 亞洲 |
|---|---|---|---|---|
| 5% | 9% | 10% | 16% | 60% |

16

女性
49.55%

男性
50.45%

年

2018
2030
2050
2100

推算

76
億

86
億

98
億

112
億

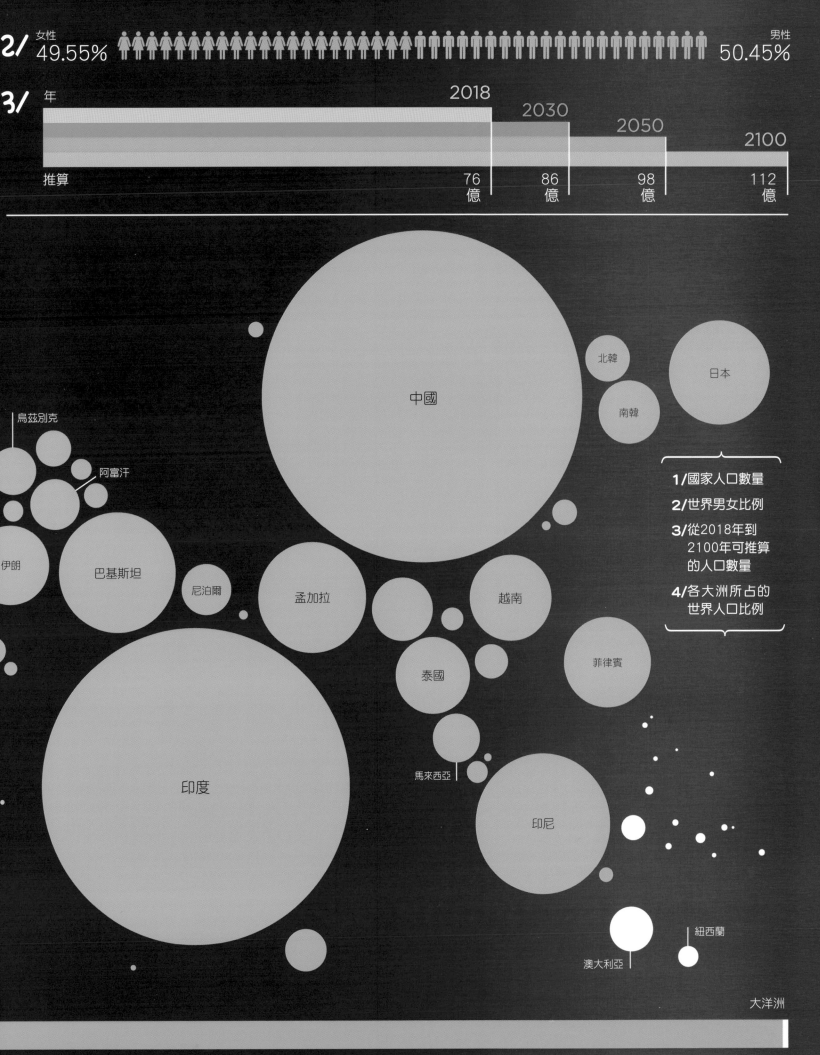

中國

北韓

日本

南韓

烏茲別克

阿富汗

1/國家人口數量

2/世界男女比例

3/從2018年到
2100年可推算
的人口數量

4/各大洲所占的
世界人口比例

伊朗

巴基斯坦

尼泊爾

孟加拉

越南

菲律賓

泰國

馬來西亞

印度

印尼

紐西蘭

澳大利亞

大洋洲

<1%

17

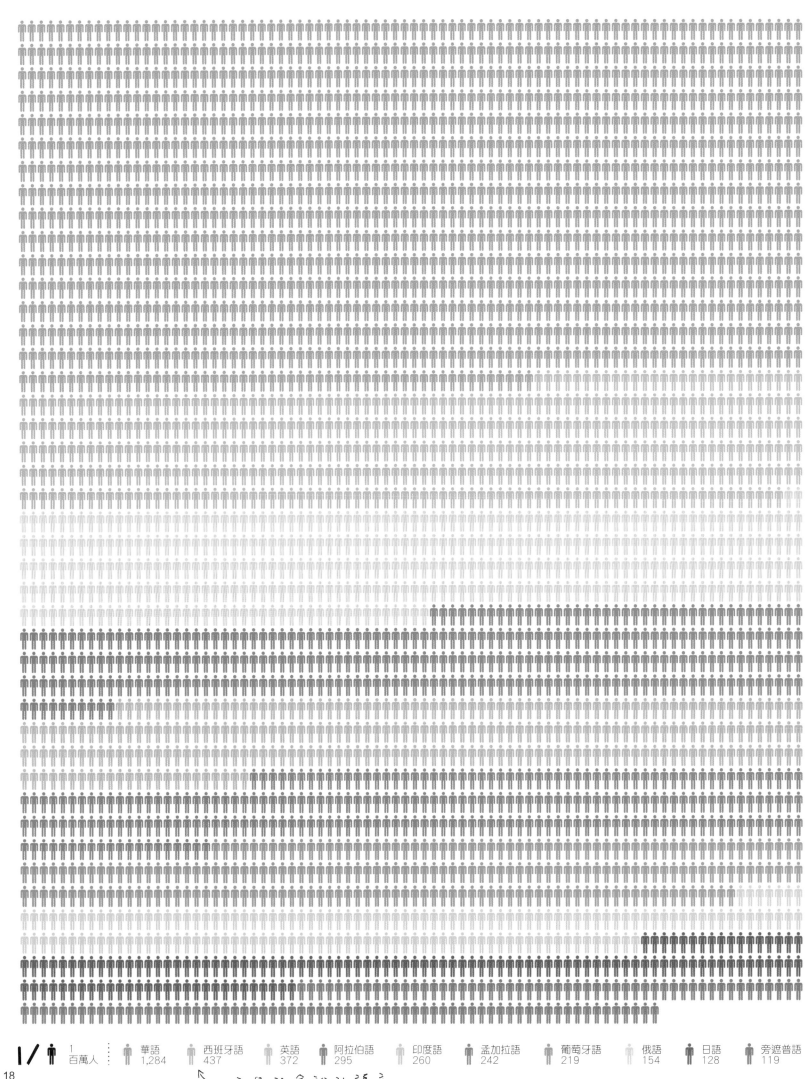

1
百萬人 ： 華語 1,284　西班牙語 437　英語 372　阿拉伯語 295　印度語 260　孟加拉語 242　葡萄牙語 219　俄語 154　日語 128　旁遮普語 119

這是我會說的語言

# 5.世界上的語種

我們在家講西班牙語,但在學校學習英語。西班牙語是一種來自拉丁語的羅馬語系,與法語、義大利語或葡萄牙語相當接近。世界上有許多國家都以西班牙語為母語。它是世界上第二多人使用的語言呢!

1/母語種類和使用人數
（以百萬人為單位）
2/世界語種地圖
3/最受歡迎的第二語言
（以億人為單位）

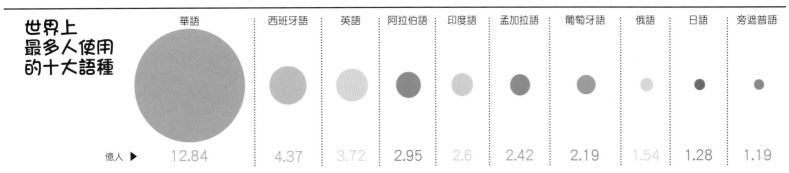

世界上最多人使用的十大語種

| | 華語 | 西班牙語 | 英語 | 阿拉伯語 | 印度語 | 孟加拉語 | 葡萄牙語 | 俄語 | 日語 | 旁遮普語 |
|---|---|---|---|---|---|---|---|---|---|---|
| 億人 ▶ | 12.84 | 4.37 | 3.72 | 2.95 | 2.6 | 2.42 | 2.19 | 1.54 | 1.28 | 1.19 |

## 2/世界上最常使用語種地圖

西班牙語　華語
英語　俄語　旁遮普語
阿拉伯語　葡萄牙語　日語
印度語　法語　孟加拉語　其他

## 3/最受歡迎的第二語言

億人 ▼

| | |
|---|---|
| 英語 | 15 |
| 法語 | 0.82 |
| 華語 | 0.3 |
| 西班牙語 | 0.145 |
| 德語 | 0.145 |
| 義大利語 | 0.08 |
| 日語 | 0.03 |

# 6.職業與工作

## I/傳統職業

1. 快遞 / 2. 鳥類學家 / 3. 牙醫 / 4. 眼科醫師 / 5. 裁判 / 6. 鐘錶師 / 7. 機師 / 8. 船長 / 9. 珠寶設計師 / 10. 魚販 /
11. 木匠 / 12. 機械師 / 13. 護理師 / 14. 獸醫 / 15. 地理學家 / 16. 服務生 /
17. 太空人 / 18. 裁縫師 / 19. 礦工 / 20. 漁民 / 21. 教授 / 22. 消防員 / 23. 攝影師 / 24. 自行車選手 /
25. 廚師 / 26. 水電工 / 27. 理髮師 / 28. 醫師 / 29. 畫家 / 30. 作家 / 31. 音樂家 / 32. 水泥工 /
33. 科學家 / 34. 花店店員 / 35. 法官 / 36. 郵差 / 37. 建築師 / 38. 園藝師 / 39. 偵探

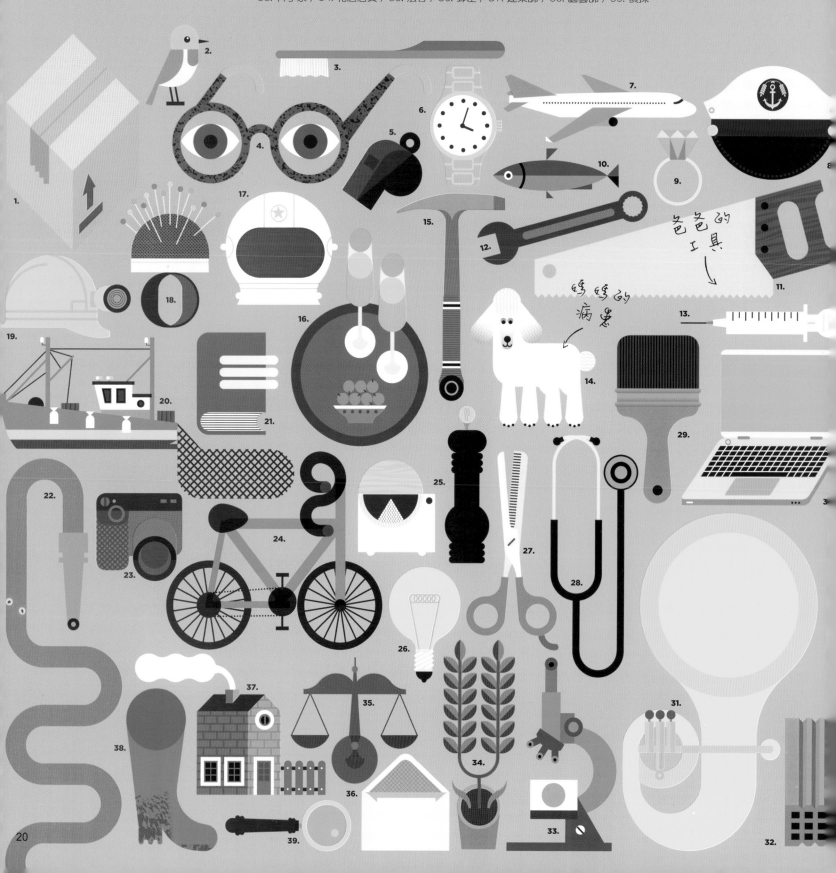

20

我媽媽是獸醫，爸爸是木匠，兩種都是傳統的職業。

隨著網路發展出現了許多前所未見的新技術和新工作項目。

1/最常見的職業和工作
2/近十年才出現的五種新行業
3/世界上七十億人口從事的行業比例

# 2/近十年才出現的五種新行業

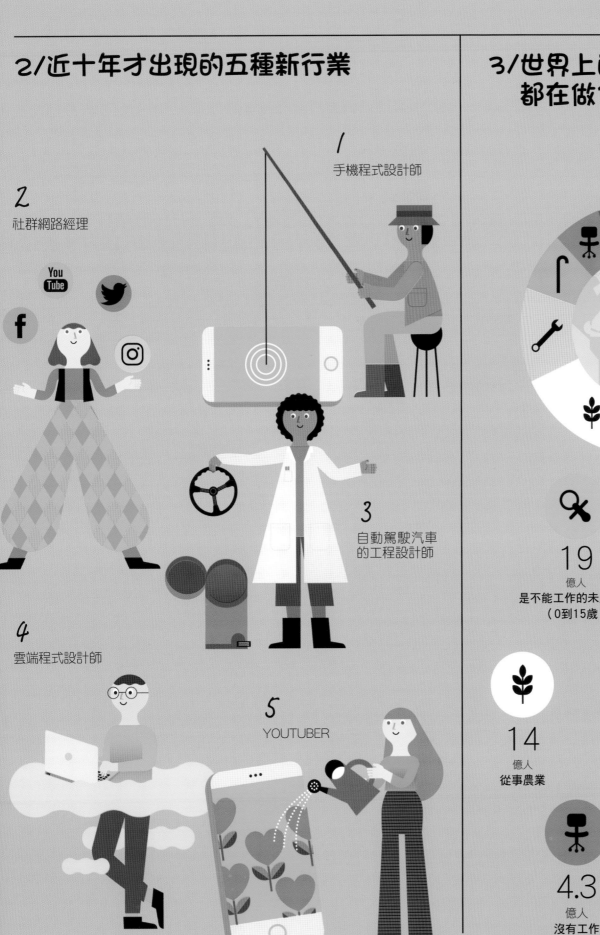

1 手機程式設計師

2 社群網路經理

3 自動駕駛汽車的工程設計師

4 雲端程式設計師

5 YOUTUBER

# 3/世界上的七十億人都在做什麼工作呢？

**19** 億人
是不能工作的未成年人
（0到15歲）

**17** 億人
從事服務業

**14** 億人
從事農業

**8** 億人
從事工業

**5.77** 億人
年齡超過64歲

**4.3** 億人
沒有工作

**4** 億人
是企業家

21

# 7.住宅

## 1/各國住家的平均面積

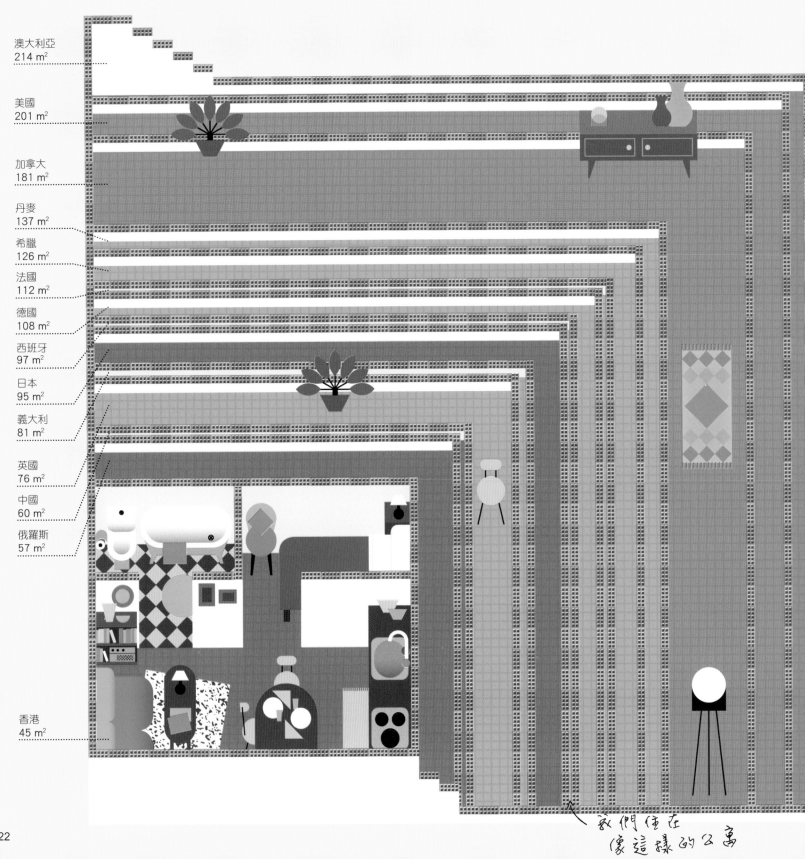

我們住在
像這樣的公寓

澳大利亞
214 m²

美國
201 m²

加拿大
181 m²

丹麥
137 m²

希臘
126 m²

法國
112 m²

德國
108 m²

西班牙
97 m²

日本
95 m²

義大利
81 m²

英國
76 m²

中國
60 m²

俄羅斯
57 m²

香港
45 m²

我們住在公寓的二樓。公寓不大，採光卻很好，可以從陽臺看到大海。

我們家有兩間臥房，一間是我爸媽的，另一間是我和弟弟的。

# 2/世界上各國的傳統住家

## 郊區小屋
阿爾卑斯地區

## 小木屋
俄羅斯

## 特魯洛
義大利普利亞

廳屋
英國

## 草皮屋
冰島

## 茅頂屋
南非

## 帕爾海瑞
葡萄牙

## 海螺貝殼屋
美國佛羅里達

## 冰屋
加拿大北極地區

## 韓屋
南韓

## 民家
日本

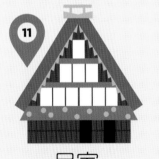
## 蘆葦蓬屋
伊拉克

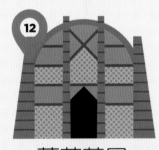
## 蒙古包
蒙古

## 昆士蘭建築
澳大利亞

# 8.都市人口

我住在巴塞隆納，它不是個很大的城市，卻也不小。

在歐洲，巴塞隆納屬於一個人口密度較高的城市，換句話說，多數人的生活空間很小。

## 1/各城市與居民數量

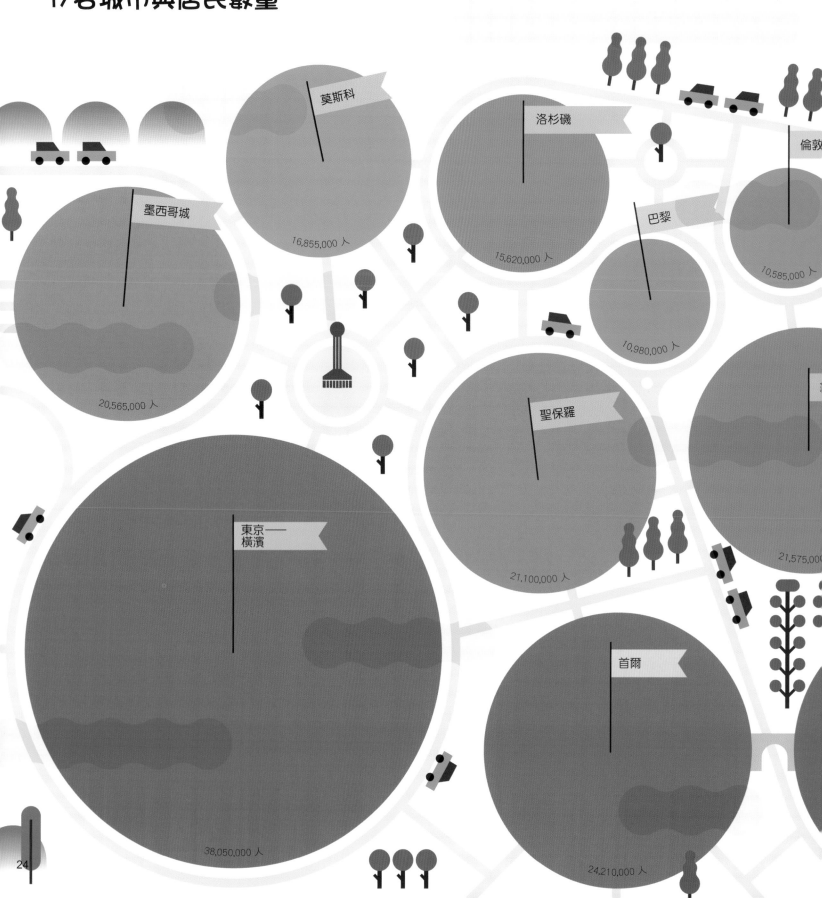

莫斯科
16,855,000 人

洛杉磯
15,620,000 人

倫敦
10,585,000 人

墨西哥城
20,565,000 人

巴黎
10,980,000 人

聖保羅
21,100,000 人

21,575,000

東京──
橫濱
38,050,000 人

首爾
24,210,000 人

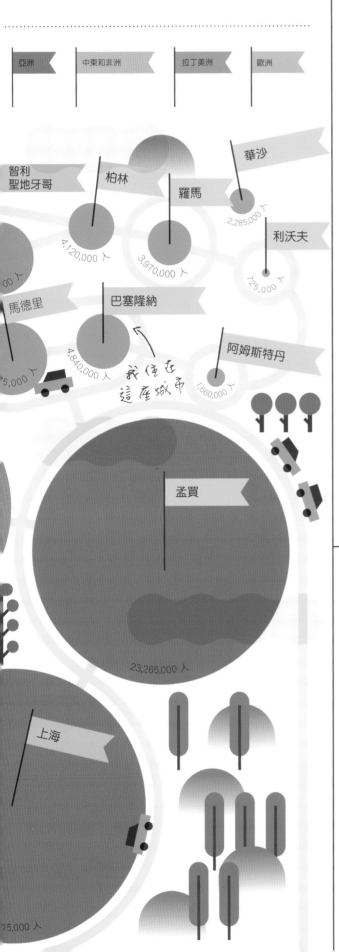

1/各城市與居民數量（都市人口或市民資料）
2/各城市的人口密度：每平方公里的人數。
  每個人形代表一千人
3/1950年十大城市（每洲以不同顏色標識）
4/2030年十大城市（每洲以不同顏色標識）

亞洲　　　中東和非洲　　　拉丁美洲　　　歐洲

智利
聖地牙哥

柏林
4,120,000 人

羅馬
3,970,000 人

華沙
2,285,000 人

利沃夫
725,000 人

馬德里

巴塞隆納
4,840,000 人

我住在
這座城市

阿姆斯特丹
1,660,000 人

孟買
23,265,000 人

上海
15,000 人

## 2/各城市的人口密度

 1,000 個人

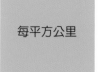 每平方公里

達卡
孟加拉

孟買
印度

香港
中國

亞歷山大港
埃及

伊斯坦堡
土耳其

首爾
南韓

墨西哥城
墨西哥

熱那亞
義大利

倫敦
英國

聖地牙哥
智利

馬德里
西班牙

慕尼黑
德國

巴黎
法國

阿姆斯特丹
荷蘭

蒂黑
波蘭

紐約
美國

## 3/1950年十大城市

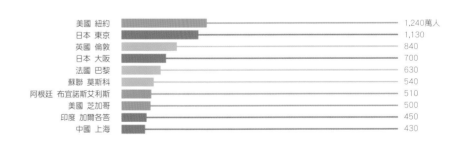

| 國家 城市 | 人口 |
|---|---|
| 美國 紐約 | 1,240萬人 |
| 日本 東京 | 1,130 |
| 英國 倫敦 | 840 |
| 日本 大阪 | 700 |
| 法國 巴黎 | 630 |
| 蘇聯 莫斯科 | 540 |
| 阿根廷 布宜諾斯艾利斯 | 510 |
| 美國 芝加哥 | 500 |
| 印度 加爾各答 | 450 |
| 中國 上海 | 430 |

## 4/2030年十大城市

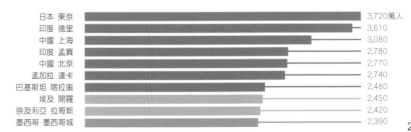

| 國家 城市 | 人口 |
|---|---|
| 日本 東京 | 3,720萬人 |
| 印度 德里 | 3,610 |
| 中國 上海 | 3,080 |
| 印度 孟買 | 2,780 |
| 中國 北京 | 2,770 |
| 孟加拉 達卡 | 2,740 |
| 巴基斯坦 喀拉蚩 | 2,480 |
| 埃及 開羅 | 2,450 |
| 奈及利亞 拉哥斯 | 2,420 |
| 墨西哥 墨西哥城 | 2,390 |

# 9.世界各地的早餐

### 日本

▲ 白飯配味噌湯、玉子燒和煎鮭魚。

### 西班牙

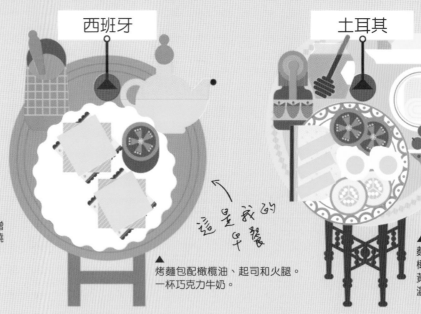

這是我的早餐

▲ 烤麵包配橄欖油、起司和火腿。一杯巧克力牛奶。

### 土耳其

▲ 麵包、乳酪、奶油、橄欖、雞蛋、番茄、黃瓜、果醬、蜂蜜和濃縮奶油。

### 法國

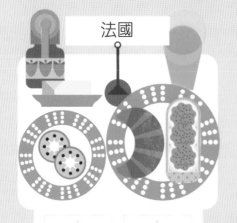

▲ 牛角麵包或硬麵包片抹奶油和果醬，另外搭配一些水果。牛奶或橙汁。

### 英國

▲ 雞蛋、英式香腸、培根、煮豆子、洋菇、番茄和炸麵包。

### 馬拉威

▲ 麥片粥、甜玉米餅和煮地瓜。一杯甜洛神花茶。

### 巴西

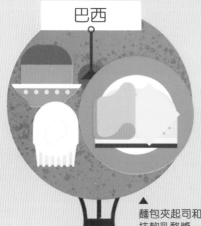

▲ 麵包夾起司和火腿。甜麵包抹軟乳酪醬。

### 冰島

▲ 燕麥粥加紅糖、奶油、楓糖漿和優格。

### 荷蘭

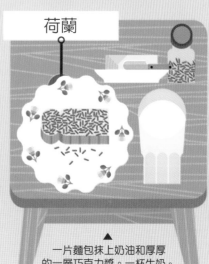

▲ 一片麵包抹上奶油和厚厚的一層巧克力醬。一杯牛奶。

我本來以為世界上每個孩子吃的早餐都跟我的一樣，事實卻不是這樣！

我很驚訝南韓的孩子一早起來就要喝一碗湯、日本的孩子早上吃鮭魚；

在巴西，有時候卻只喝一杯咖啡牛奶就解決了！

## 德國

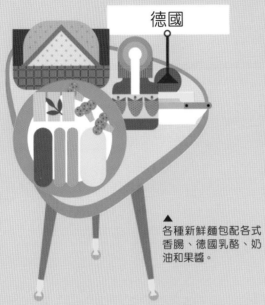

▲ 各種新鮮麵包配各式香腸、德國乳酪、奶油和果醬。

## 波蘭

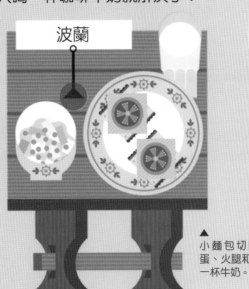

▲ 小麵包切開配炒蛋、火腿和番茄。一杯牛奶。

## 葡萄牙

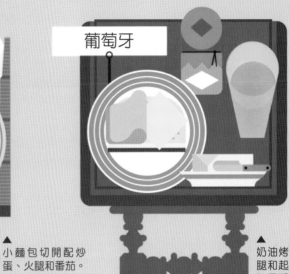

▲ 奶油烤麵包加火腿和起司，或者加果醬。牛奶或果汁。

## 墨西哥

▲ 玉米餅、荷包蛋加番茄醬和酪梨。

## 義大利

▲ 海綿蛋糕或餅乾配果醬，或能多益巧克力醬，另外還有燕麥和牛奶。

## 捷克

▲ 一顆白煮蛋，麵包夾果醬和起司，有的時候也會吃脆餅加莓果和鮮奶油。

## 中國

◀ 油條配豆漿，也會吃廣式點心和熱粥。

## 俄羅斯

◀ 熱煎餅加奶油、果醬和莓果，和一碗燕麥牛奶。

各國常見早餐

# 10.城市大塞車

## 1/世界上最會塞車的城市

| | | |
|---|---|---|
| 1 | 洛杉磯 | 美國 |
| 2 | 莫斯科 | 俄羅斯 |
| 3 | 紐約 | 美國 |
| 4 | 聖保羅 | 巴西 |
| 5 | 舊金山 | 美國 |
| 6 | 波哥大 | 哥倫比亞 |
| 7 | 倫敦 | 英國 |
| 8 | 亞特蘭大 | 美國 |
| 9 | 巴黎 | 法國 |
| 10 | 邁阿密 | 美國 |
| 11 | 曼谷 | 泰國 |
| 12 | 雅加達 | 印尼 |

我就住在學校附近，我們的城市很少塞車。

我們騎摩托車只要八分鐘就能抵達學校。聽說有些城市的人要花很多時間通勤，

他們至少得坐一小時的車才能抵達學校！

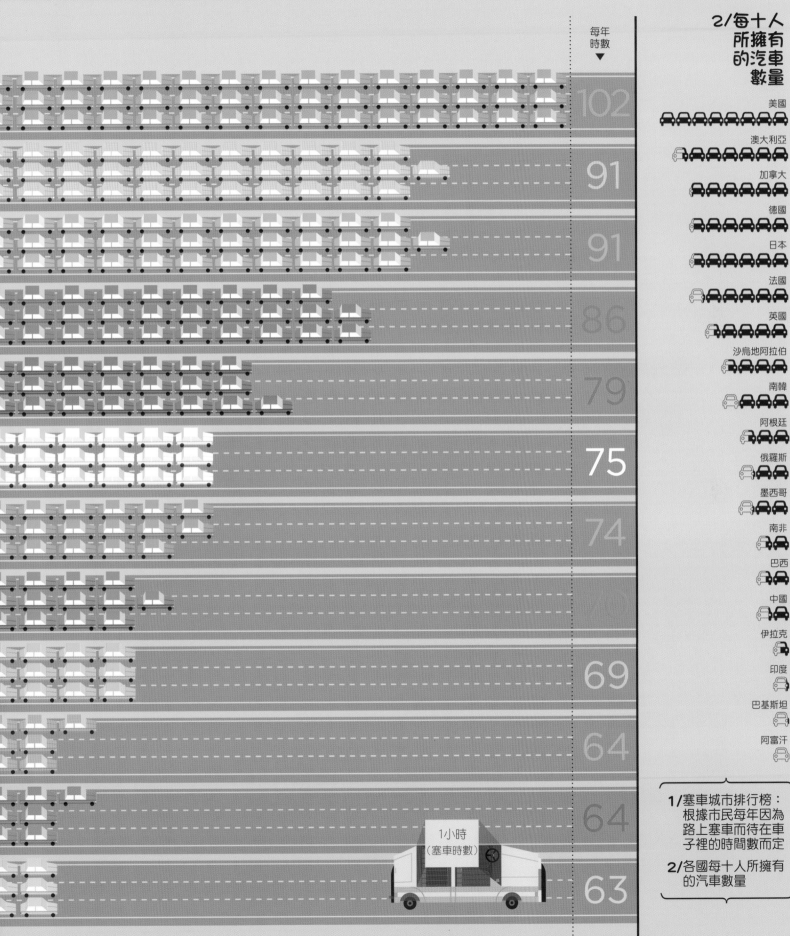

每年
時數
▼

102

91

91

86

79

**75**

74

69

64

64

63

1小時
（塞車時數）

2/每十人
所擁有
的汽車
數量

美國

澳大利亞

加拿大

德國

日本

法國

英國

沙烏地阿拉伯

南韓

阿根廷

俄羅斯

墨西哥

南非

巴西

中國

伊拉克

印度

巴基斯坦

阿富汗

1/塞車城市排行榜：
根據市民每年因為
路上塞車而待在車
子裡的時間數而定

2/各國每十人所擁有
的汽車數量

29

# 11.學校

1/各國中小學義務教育規定總時數與年數

2-3/各國入學年齡分布圖

4/2000年到2016年，沒有上學的孩子數量

5/國際上各領域學生比例

我們花很多時間在學校。但是每個國家要求的義務教育時數和年數都不一樣。

像是西班牙規定孩子6歲入學，16歲畢業。

世界上仍有些孩子不能上學，尤其是女孩，幸好這個數據每年正逐漸減少。

## 1/各國義務教育時數與年數

小學

中學

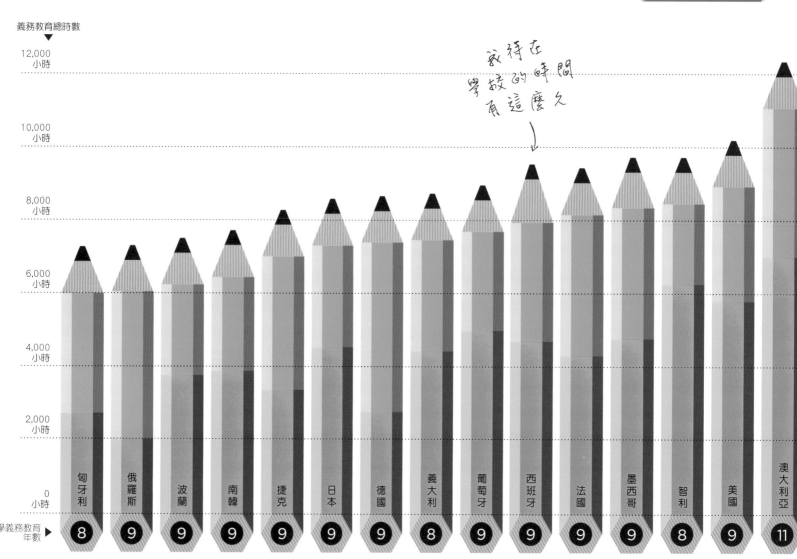

義務教育總時數

12,000 小時

10,000 小時

8,000 小時

6,000 小時

4,000 小時

2,000 小時

0 小時

我待在學校的時間有這麼久

匈牙利 ⑧　俄羅斯 ⑨　波蘭 ⑨　南韓 ⑨　捷克 ⑨　日本 ⑨　德國 ⑨　義大利 ⑧　葡萄牙 ⑨　西班牙 ⑨　法國 ⑨　墨西哥 ⑨　智利 ⑨　美國 ⑧　澳大利亞 ⑪

中小學義務教育年數 ▶

## 2/入學年齡

12%  66%  22%

( 4~5 歲 )  ( 6 歲 )  ( 7 歲 )

## 3/入學年齡分布地圖

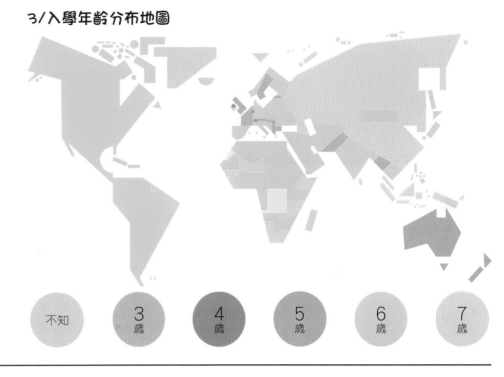

( 不知 )  ( 3 歲 )  ( 4 歲 )  ( 5 歲 )  ( 6 歲 )  ( 7 歲 )

## 4/世界上沒有上學的兒童

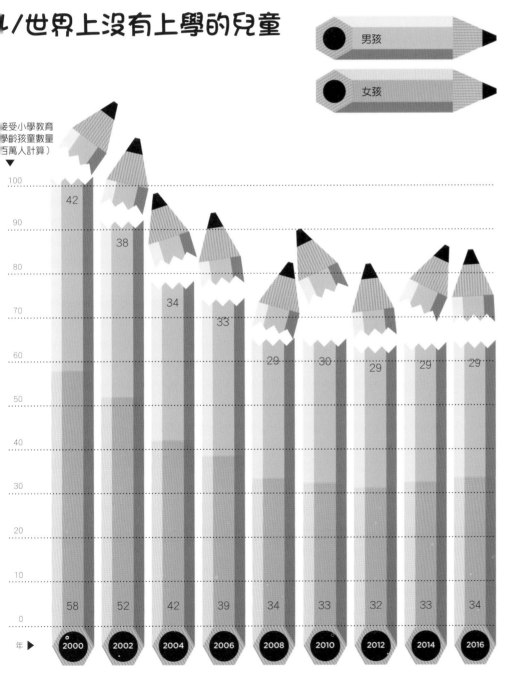

男孩

女孩

接受小學教育
學齡孩童數量
（與萬人計算）

| 年 | 2000 | 2002 | 2004 | 2006 | 2008 | 2010 | 2012 | 2014 | 2016 |
|---|---|---|---|---|---|---|---|---|---|
| 男孩 | 42 | 38 | 34 | 33 | 29 | 30 | 29 | 29 | 29 |
| 女孩 | 58 | 52 | 42 | 39 | 34 | 33 | 32 | 33 | 34 |

## 5/現在的年輕人都學什麼呢？

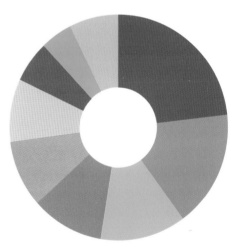

| | |
|---|---|
| 商業、企業管理、法律 | **23%** |
| 工業、工程、建築 | 16% |
| 健康、衛生 | 13% |
| 人文藝術 | 11% |
| 社會科學、新聞和資訊 | 10% |
| 教育 | 9% |
| 自然科學、數學和統計學 | **6%** |
| 資訊和通訊技術 | 5% |
| 其他 | 7% |

澳大利亞 ▼　古巴 ▼　英國 ▼

南韓 ▼　北韓 ▼　奈及利亞 ▼

南非 ▼　秘魯 ▼　斯里蘭卡 ▼

# 12.制服

{ 1/各國學生制服 }
{ 2/各國小學每班平均人數 }

2/小學每個班級
　的平均人數

| 西班牙 | 法國 | 英國 | 美國 | 日本 | 波蘭 |
|---|---|---|---|---|---|
| 22 | 23 | 26 | 21 | 27 | 19 |

我的班級 →

迦納 ▼

宏都拉斯 ▼

印度 ▼

日本 ▼

印尼 ▼

伊朗 ▼

越南 ▼

中國 ▼

巴基斯坦 ▼

西班牙小孩大多不用穿制服上學，我們只要穿著輕鬆的服裝就可以去學校了。

但是每個國家不一樣，有些國家要穿特定的衣服，甚至要根據季節改變穿著。

| 荷蘭 | 智利 | 冰島 | 義大利 | 墨西哥 | 葡萄牙 | 中國 |
|---|---|---|---|---|---|---|
| 23 | 30 | 19 | 19 | 22 | 21 | 37 |

# 13.學校的營養午餐

好餓呀！開飯嘍！我們衝向餐廳，每個人捧著自己的餐盤，排隊領餐。

如果能到各國學校去試吃營養午餐會是多麼有趣的事啊！

就像這裡有好多菜式！

### 義大利
義大利麵、魚、芝麻菜乳酪沙拉，
加上一小塊麵包和水果。

### 捷克
饅頭片、馬鈴薯蘑菇菌湯、
醬燒豬肉加麵包塊，還有醃高麗菜，
配蘋果汁。

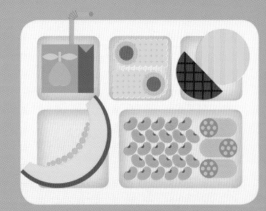

### 英國
熱狗拌豆子、烤馬鈴薯、一根煮玉米、
一片哈密瓜，配梨子汁。

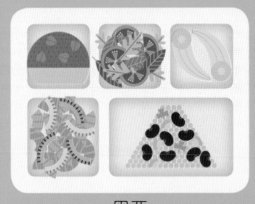

### 巴西
黑豆飯、烤香蕉、甜椒豬肉、
番茄沙拉和雜糧麵包。

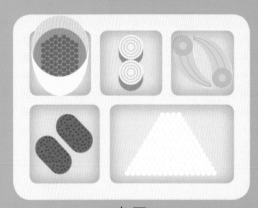

### 古巴
黃豆湯、白飯、雞肉可樂餅加芋頭。
甜點是香蕉。

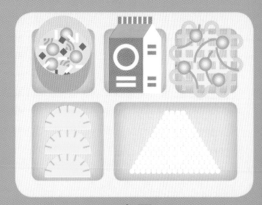

### 中國
牛奶、蔬菜湯、白飯、牛肉蒸餃、肉絲炒冬粉。

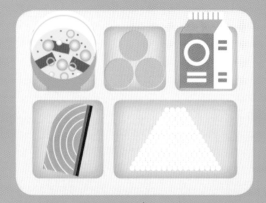

### 日本
味噌湯、章魚燒、鮭魚、白飯和一盒牛奶。

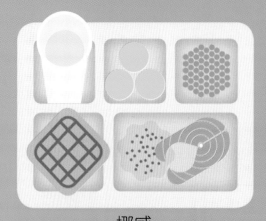

### 挪威
鬆餅、奶油鮭魚，搭配煮熟的豆子和馬鈴薯。

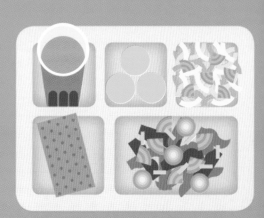

### 瑞典
馬鈴薯燉菜、高麗菜拌胡蘿蔔。
一片黑麥餅乾和一杯蔓越莓汁。

## 波蘭

番茄、西洋芹和通心粉湯、
炸豬排和水煮馬鈴薯，
搭配蔬菜沙拉或醃菜。
甜點是蘋果、梨子或桃子。

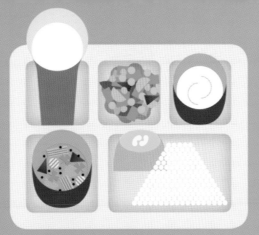

## 印度

咖哩飯、酸豆湯、煙燻南瓜燒蔬菜、奶凍、
奶昔和小麥甜粥。

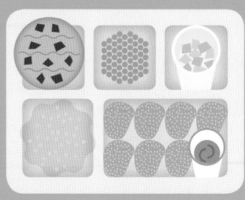

## 美國

炸雞塊加番茄醬、薯泥、豆子、
水果沙拉和巧克力豆餅乾。

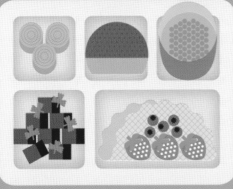

## 芬蘭

豆子湯、胡蘿蔔、甜菜沙拉、
麵包和莓果可麗餅。

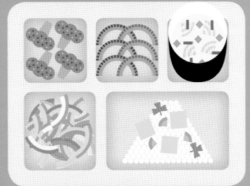

## 南韓

魚湯、炒飯配豆腐、炒花椰菜、
拌甜椒和泡菜。

## 法國

牛排、豆角、胡蘿蔔、
一塊羊乳酪，甜點是奇異果和蘋果。

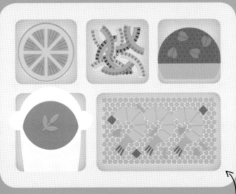

## 西班牙

西班牙冷湯、西班牙海鮮飯、
三色甜椒沙拉、一塊麵包，甜點是橙子。

*我的午餐*

## 烏克蘭

甜菜湯、醃高麗菜、熱狗和薯泥。
飯後甜點是可麗餅。

## 坦尚尼亞

醬燒雞肉、沙拉、玉米醬（烏咖哩）和西瓜。

## 希臘

烤雞和米粒麵、紫蘇捲、番茄黃瓜沙拉、
石榴優酪乳和兩顆橘子。

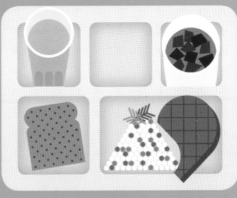

## 俄羅斯

甜菜湯、牛排和蕎麥、黑麥麵包和蘋果汁。

## 葡萄牙

鷹嘴豆湯、煎沙丁魚、煮馬鈴薯、
番茄沙拉和一顆蘋果。

# 14.功課

1/15歲學生每週作功課的時間排行榜
2/每週父母陪孩子作功課的時數
3/各國孩子害怕寫數學作業的比例

放學了，我背著書包回到家，第一件事就是吃點心，才要開始休息，爸爸

媽媽一定又會問我：「你今天有沒有功課要寫？」

世界上其他國家的孩子好像要花很多時間寫功課。

有些功課很煩人，我最討厭的是數學！

## 1/各國功課量排名

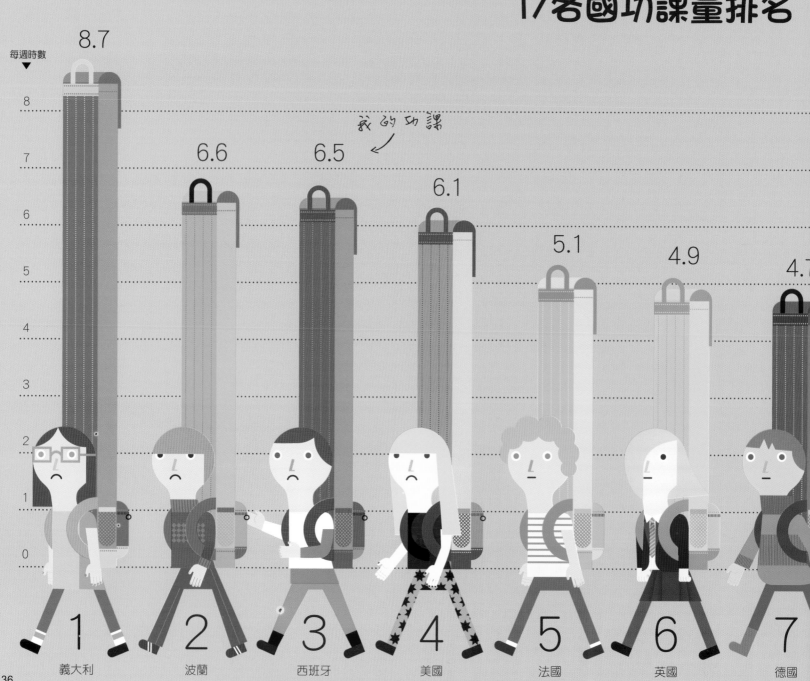

每週時數

我的功課

8.7　6.6　6.5　6.1　5.1　4.9　4.7

8
7
6
5
4
3
2
1
0

1 義大利　2 波蘭　3 西班牙　4 美國　5 法國　6 英國　7 德國

## 2/父母陪讀時數

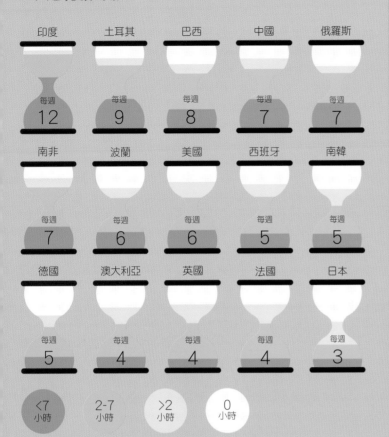

| 印度 | 土耳其 | 巴西 | 中國 | 俄羅斯 |
|---|---|---|---|---|
| 每週 12 | 每週 9 | 每週 8 | 每週 7 | 每週 7 |

| 南非 | 波蘭 | 美國 | 西班牙 | 南韓 |
|---|---|---|---|---|
| 每週 7 | 每週 6 | 每週 6 | 每週 5 | 每週 5 |

| 德國 | 澳大利亞 | 英國 | 法國 | 日本 |
|---|---|---|---|---|
| 每週 5 | 每週 4 | 每週 4 | 每週 4 | 每週 3 |

| <7 小時 | 2-7 小時 | >2 小時 | 0 小時 |
|---|---|---|---|

## 3/哪些國家的小孩最恨數學作業？

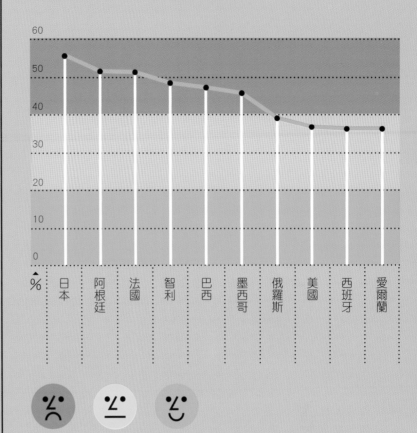

| % | 日本 | 阿根廷 | 法國 | 智利 | 巴西 | 墨西哥 | 俄羅斯 | 美國 | 西班牙 | 愛爾蘭 |
|---|---|---|---|---|---|---|---|---|---|---|

| 3.8 | 3.8 | 3.5 | 3.1 | 2.9 | 2.8 | 4.9 |
|---|---|---|---|---|---|---|
| 8 | 9 | 10 | 11 | 12 | 13 | |
| 日本 | 葡萄牙 | 智利 | 捷克 | 南韓 | 芬蘭 | 總平均 |

# 15.社群網路

## 1/父母規定每天可以上網的時數

| % |
|---|
| 4.6% |
| 20.7% |
| 48.3% |
| 20.5% |
| 5.8% |

 不限制
 <1 小時
 1-2 小時
3-4 小時
4小時以上

## 2/孩子面對螢幕的每週平均時數

小時
39
30
27

 自己有手機也積極參與社群網路

自己有手機,可是沒有積極參與社群網路

自己沒有手機

## 3/兒童上網設備

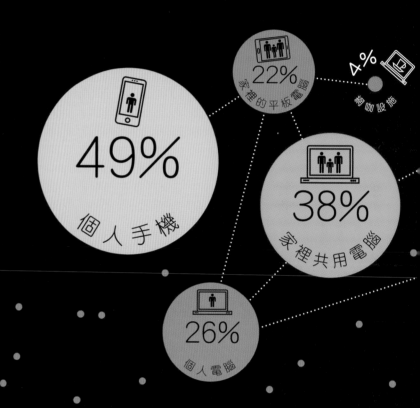

49% 個人手機

22% 家裡的平板電腦

4% 網咖設施

38% 家裡共用電腦

26% 個人電腦

我寫完功課，終於可以放鬆了。這時候父母才會讓我上網。

在網路上，時間過得好快！才一下子媽媽就要我關機，催我去睡覺了。

## 4/主要的社群網站

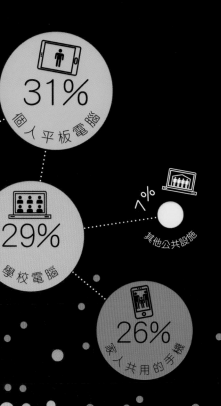

31%
個人平板電腦

29%
學校電腦

7%
其他公共設施

26%
家人共用的手機

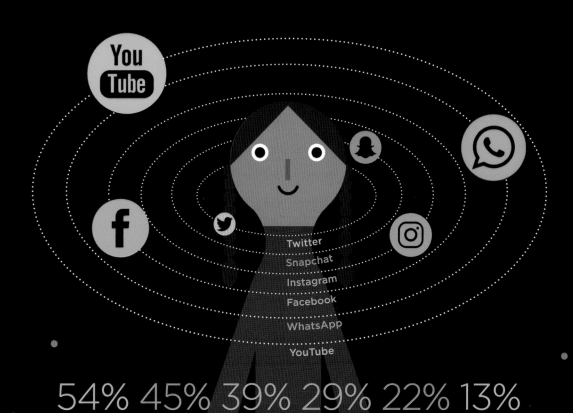

Twitter
Snapchat
Instagram
Facebook
WhatsApp
YouTube

54% 45% 39% 29% 22% 13%

## 5/社群網站的年齡限制

1/父母規定孩子上網時數比例
2/各國孩子是否擁有自己的手機，以及每週使用的時數
3/孩子使用的上網工具
4/孩子們最常使用的網站比例
5/各網站設定的年齡限制

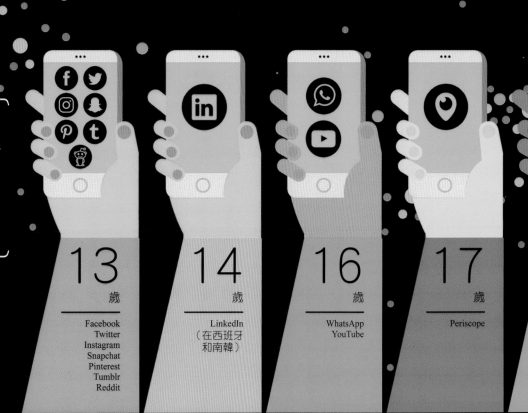

13
歲

Facebook
Twitter
Instagram
Snapchat
Pinterest
Tumblr
Reddit

14
歲

LinkedIn
（在西班牙
和南韓）

16
歲

WhatsApp
YouTube

17
歲

Periscope

18
歲

Kik
Flickr
Yik Yak

# 16.閱讀

我總是在睡覺前看書，尤其是週末的時候。學校也有規定必讀的書，但是我回到家裡，喜歡讀其他的書，比如《哈利波特》。有的國家愛看書的人比較多，有的國家比較少，各國所花的時間也不盡相同。

1/近五十年來最暢銷的紙本書
2/各國學校的規定讀物
3/各國每人每週看書時數

## 1/世界上最受歡迎的十大著作

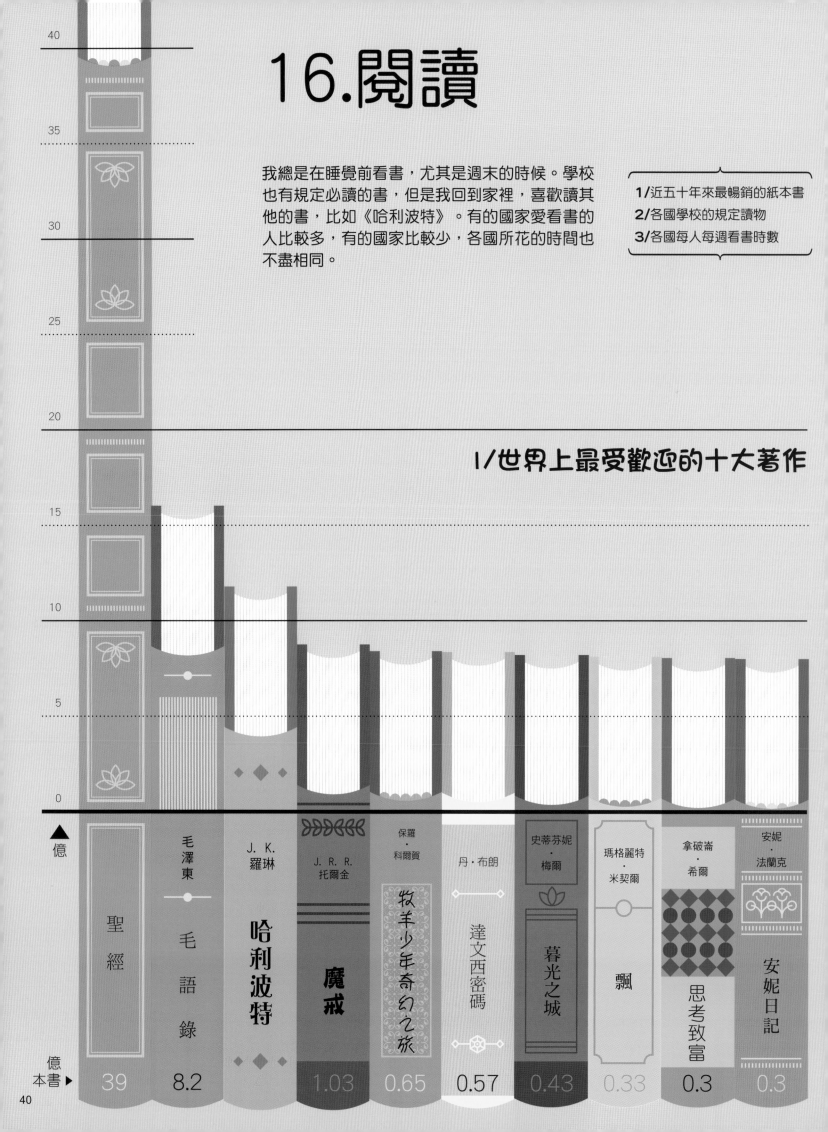

| 聖經 | 毛語錄 毛澤東 | 哈利波特 J.K.羅琳 | 魔戒 J.R.R.托爾金 | 牧羊少年奇幻之旅 保羅·科爾賀 | 達文西密碼 丹·布朗 | 暮光之城 史蒂芬妮·梅爾 | 飄 瑪格麗特·米契爾 | 思考致富 拿破崙·希爾 | 安妮日記 安妮·法蘭克 |
|---|---|---|---|---|---|---|---|---|---|
| 39 | 8.2 | | 1.03 | 0.65 | 0.57 | 0.43 | 0.33 | 0.3 | 0.3 |

億本書 ▶

40

## 2/各國學校必讀書目

| 書名 | 作者 | 國家 |
|---|---|---|
| 明日戰爭1：破曉開戰 | 約翰・馬斯坦 | 澳大利亞 |
| 浮士德 | 約翰・沃夫岡・馮・歌德 | 奧地利 |
| 塞維利納的生與死 | 若奧・卡布勞・梅洛・多來多 | 巴西 |
| 戰爭 | 提摩西・芬德利 | 加拿大 |
| 土地下 | 巴爾多邁羅・利約 | 智利 |
| 論語 | 孔子和孔子門生 | 中國 |
| 百年孤寂 | 加布列・賈西亞・馬奎斯 | 哥倫比亞 |
| 日子 | 塔哈・海珊 | 埃及 |
| 七兄弟 | 阿萊克西斯・基維 | 芬蘭 |
| 小王子 | 安東尼・聖修伯里 | 法國 |
| 安妮日記 | 安妮・法蘭克 | 德國 |
| 瓦解 | 奇努阿・阿切貝 | 迦納 奈及利亞 |
| 我對真理的冒險：甘地自傳 | 穆罕達斯・卡拉姆昌德・甘地 | 印度 |
| 修道院紀事 | 喬賽・薩拉馬戈 | 葡萄牙 |
| 約婚夫婦 | 亞歷山達羅・孟佐尼 | 義大利 |
| 塔德伍施先生 | 亞當・密茨凱維奇 | 波蘭 |
| 戰爭與和平 | 列夫・托爾斯泰 | 俄羅斯 |
| 唐吉訶德 | 米格爾・德・塞凡提斯 | 西班牙 |
| 梅岡城故事 | 哈波・李 | 美國 |
| 變形記 | 法蘭茲・卡夫卡 | 捷克 |

這本我一定要讀！

## 3/各國每週看書時數排名

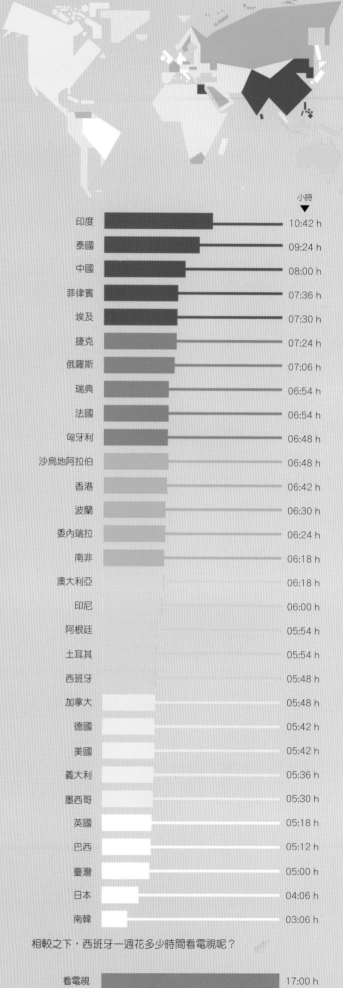

小時 ▼

| 國家 | 小時 |
|---|---|
| 印度 | 10:42 h |
| 泰國 | 09:24 h |
| 中國 | 08:00 h |
| 菲律賓 | 07:36 h |
| 埃及 | 07:30 h |
| 捷克 | 07:24 h |
| 俄羅斯 | 07:06 h |
| 瑞典 | 06:54 h |
| 法國 | 06:54 h |
| 匈牙利 | 06:48 h |
| 沙烏地阿拉伯 | 06:48 h |
| 香港 | 06:42 h |
| 波蘭 | 06:30 h |
| 委內瑞拉 | 06:24 h |
| 南非 | 06:18 h |
| 澳大利亞 | 06:18 h |
| 印尼 | 06:00 h |
| 阿根廷 | 05:54 h |
| 土耳其 | 05:54 h |
| 西班牙 | 05:48 h |
| 加拿大 | 05:48 h |
| 德國 | 05:42 h |
| 美國 | 05:42 h |
| 義大利 | 05:36 h |
| 墨西哥 | 05:30 h |
| 英國 | 05:18 h |
| 巴西 | 05:12 h |
| 臺灣 | 05:00 h |
| 日本 | 04:06 h |
| 南韓 | 03:06 h |

相較之下，西班牙一週花多少時間看電視呢？

| | |
|---|---|
| 看電視 | 17:00 h |

# 17.世界各國的運動

1/各種運動粉絲分布圖
2/世界上最多人從事的運動
（運動愛好者人數以億人計算）

1/各國最多人
　關注的運動項目

足球

冰球

美式足球

棒球

板球

搏擊
和拳擊

我不但在學校運動，連週末也喜歡運動。

我喜歡游泳。

每個國家都有他們最流行的運動。

有很多國家跟西班牙一樣喜歡足球。

## 2/ 世界上最多人 從事的運動

運動愛好者
（以億人計算）

  飞水吧！

游泳
15

足球
10.02

排球
9.98

籃球
4

網球
3

羽毛球
2

棒球
0.6

手球
0.18

冰球
0.03

橄欖球
0.02

籃球

澳式足球

橄欖球

蓋爾式足球
（流行於愛爾蘭）

排球

# 18.各國的兒童遊戲

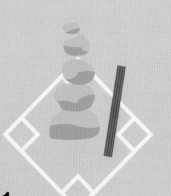

## 1 打石堆
摩洛哥

十個人平分成兩隊，五人一邊，分別站在方格子外面。大家輪流往格子裡擲木棍，看哪一隊先打倒石堆。

## 2 卡巴迪
孟加拉／印度

把一個場地畫成兩半，一隊七人，一共兩隊。每一隊要派一個攻擊者前往敵方跑一圈，一面跑一面大喊「卡巴迪、卡巴迪、卡巴迪」，不能被敵人抓住。跑一圈能得到一分；若是被抓住，則敵方得一分。

## 3 鬼抓人
英國

有一個人當鬼，開始抓人。被鬼摸到的人就是下一個鬼。有的玩法是，被摸到的人暫時不能玩，鬼要把所有的人都抓到才算贏。

## 7 登登
奈及利亞

這是一種擊掌遊戲。兩個人面對面，互相擊掌，然後順著節奏移動腳。要注意不可動錯腳，因為這樣對方就能贏一分。

（這是我們的遊戲）

## 8 跳房子
西班牙

用粉筆在地上畫數個格子，看看誰可以用一隻腳跳過每一個格子。每人都要輪流往格子丟一顆石頭，然後按順序用一隻腳跳格子，跳到石頭落下的地方。

## 9 海蛇
墨西哥

兩個人面對面，用手臂搭成橋。其他的人要排隊，跟著音樂一個個從橋下鑽過去。音樂停止的時候，橋下的人就會被淘汰。

## 10 跑啊、跑啊，小傻瓜
智利

小朋友圍成圓圈坐下來。一個人帶著手帕在圈外行走。坐著的人不可以偷看，大家要說：「跑啊、跑啊，小傻瓜，往後看你要被打！」圈外的小朋友要在某人身後放下手帕。沒有馬上發現被放了手帕的那個人會被淘汰。

## 15 抓抓看
法國

這是一個歷史悠久的民間遊戲。一個人閉眼當鬼數到一百，其他的人趁他看不到時趕快躲起來。數數的人張開眼睛以後，開始尋找躲起來的人。第一個被找到的人成為下一輪的鬼；最後一個被找到的人是贏家。

## 16 比嘍嘍
迦納

有一個人當裁判，控制時間，同時在別人沒看到的時候藏起一些樹枝或石頭。全都藏好以後，他要大叫「比嘍嘍」，其他的人就可以開始尋找。最早找到的人分數最高。

## 17 抓龍尾
中國

孩子們手搭前面人的肩膀，大家排成一隊。隊形的第一人是龍頭，最後的人是龍尾。大家要避免龍頭抓住龍尾，如果被抓，大家要改變排隊次序。

週末我喜歡跟朋友一起去公園玩。

有些遊戲歷史悠久，連我們的父母也會玩。有的時候，我們會另外發明一些遊戲。

每個國家都有一些傳統遊戲，有些遊戲幾乎一樣，只不過是換了名字或玩法略有不同。

# 4 躲避球
美國

有很多玩法。一般是每隊六個人，一隊能使用三顆球，目的是用球打到另一隊的隊員。只可以打肩膀以下的部位。

# 5 過過
印度

分為攻守兩方，一邊各十二人。攻方九人上場，相鄰兩人面向相反方向跪成一排，每次一人起身追人；守方則一次下場三個，當跑的人。場中兩邊各有一根柱子，攻方追人時只能跑同一方向，但碰到柱子便能改變方向；守方則無方向限制，也可隨意穿梭攻方之間。最快摸到敵隊所有人的那組獲勝。

# 6 踩影子
愛爾蘭

要踩到對方的影子才算抓到人。被踩到影子的人則轉而當鬼。被追的人跑到沒有太陽的地方最安全。

# 11 雕像遊戲
希臘

一個人蒙著眼睛站在中間大喊：「阿加馬大！」（希臘語的意思是雕像），然後開始數數。中間的人一開始數，其他人便開始在他身邊亂跑；當他喊停，大家都要假裝自己是一尊雕像，靜止不動。被抓到在動的人就輸了，而且可以想辦法讓他們笑出來喲！

# 12 牽著手的鬼
日本

一個人當鬼抓大家，他要抓到一個人的手，然後兩個人牽著，一起去追下一個人。當抓人的隊伍連得太長時，就分成兩隊繼續玩，一直到所有的人都連在一起為止。

# 13 小冰塊
澳大利亞

三到四個孩子組成一隊，每個人手中握住一塊冰，先把全部的冰融掉的那一隊獲勝。

# 14 跟蹤遊戲
波蘭

這是戶外遊戲，最適合在樹林裡玩。所有的人分為兩組：一組逃跑，沿路留下紙片、樹枝、刻字或其他痕跡。第二組要找到逃走的人。

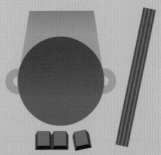

# 18 大章魚
義大利

一個人當大章魚。大章魚不可以動，其他人都要離他二十步遠。遊戲開始的剎那，大家一起往大章魚那裡跑。大章魚會試著抓人，但是他只能橫向移動，被他碰到的人便成為章魚娃娃，只有手臂能動。等全部的人都被抓住以後，第一個被抓的人就是下一次遊戲的大章魚。

# 19 偷吃遊戲
德國

把一鍋巧克力藏在房間內。一個人被蒙上眼睛，手上拿著一支木勺，然後被帶到房間中央。他要學狗爬，試著用木勺找到鍋子。找到的人有巧克力吃喲！

# 20 戒指遊戲
俄羅斯

大家兩手合併，排排坐。一個人手中有戒指，他要跟坐著的人合掌，在別人無法察覺的情況下把戒指交出去。另一個人要猜出戒指在誰手上。

# 19.暑假

終於開始放暑假了！西班牙的暑假很長，可以休息十一週。

有些國家會在開課期間放假數週。

我的父母也在八月放假，

有的時候，我們可以安排外出旅行。

我的祖父母說他們年輕的時候，

大家沒有像現在這樣，常常出門旅遊。

1/各國暑假週數
2/1990年開始算起的國際
　旅遊人口（以億人計算）
3/國際旅客最多的國家（以
　千萬人計算）

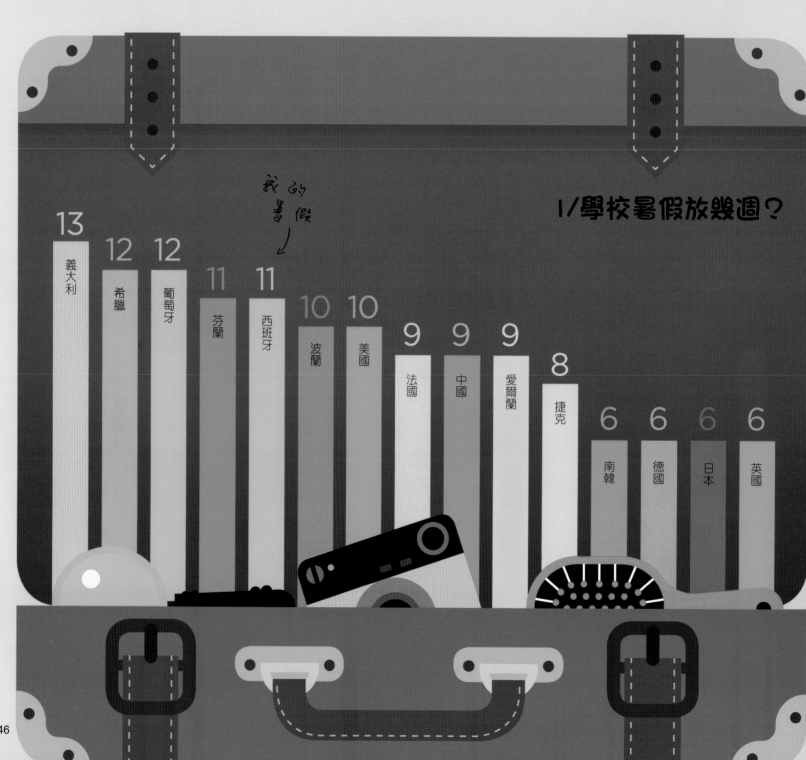

1/學校暑假放幾週？

我的暑假

| 13 | 12 | 12 | 11 | 11 | 10 | 10 | 9 | 9 | 9 | 8 | 6 | 6 | 6 | 6 |
| 義大利 | 希臘 | 葡萄牙 | 芬蘭 | 西班牙 | 波蘭 | 美國 | 法國 | 中國 | 愛爾蘭 | 捷克 | 南韓 | 德國 | 日本 | 英國 |

## 2/國際旅客人數

| 1990年 | 2000年 | 2010年 | 2016年 |
|---|---|---|---|
| 4.35億 | 6.74億 | 9.53億 | 12.35億 |

## 3/國際旅客最多的國家

北美洲　歐洲　拉丁美洲　亞洲

泰國
3.26
千萬

墨西哥
3.5
千萬

德國
3.56
千萬

英國
3.58
千萬

義大利
5.24
千萬

法國
8.26
千萬

美國
7.56
千萬

西班牙
7.56
千萬

中國
5.93
千萬

# 20.旅遊勝地

1/世界上訪客最多的城市排行榜，以千萬人計算每年訪客數量（每次入境至少停留二十四小時）

2/世界上最多人參觀的博物館排行榜，以百萬人計算每年訪客數量

## 1/世界上訪客最多的城市

歐洲　非洲　亞洲　大洋洲　北美洲　拉丁美洲

我們要去這裡！

| 排名 | 城市 | 國家 | 訪客數量 |
|---|---|---|---|
| 1 | 香港 | 中國 | 2.57 千萬訪客 |
| 2 | 曼谷 | 泰國 | 2.33 千萬訪客 |
| 3 | 倫敦 | 英國 | 1.99 千萬訪客 |
| 4 | 新加坡 | 新加坡 | 1.76 千萬訪客 |
| 5 | 澳門 | 中國 | 1.63 千萬訪客 |
| 6 | 杜拜 | 阿拉伯聯合大公國 | 1.6 千萬訪客 |
| 7 | 巴黎 | 法國 | 1.43 千萬訪客 |
| 8 | 紐約 | 美國 | 1.31 千萬訪客 |
| 9 | 深圳 | 中國 | 1.3 千萬訪客 |
| 10 | 吉隆坡 | 馬來西亞 | 1.28 千萬訪客 |
| 11 | 普吉府 | 泰國 | 1.2 千萬訪客 |
| 12 | 羅馬 | 義大利 | 0.96 千萬訪客 |

我們在家裡討論暑假要去哪裡玩。弟弟想去開羅參觀古夫金字塔，我和媽媽想去巴黎，

但是爸爸不是很想去。最後弟弟讓步，因為他覺得去羅浮宮參觀拉美西斯二世的巨型雕像也可以。

你知不知道，巴黎是一個遊客很多的城市？羅浮宮是世界上最多人參觀的博物館耶！

# 2/ 最多人參觀的博物館

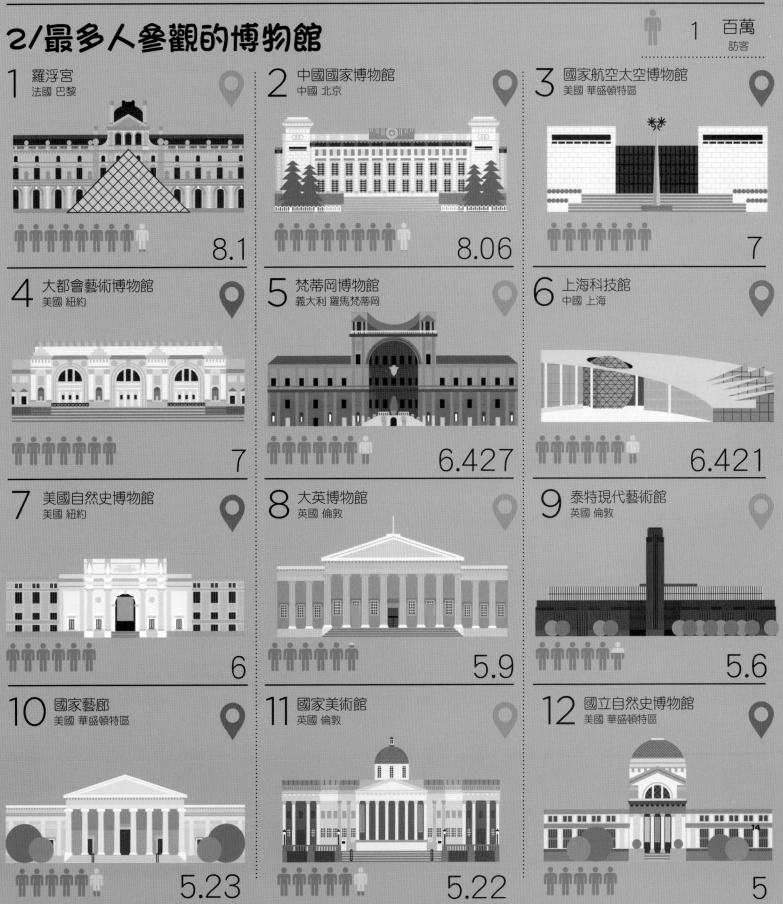

1　百萬
訪客

**1** 羅浮宮
法國 巴黎
8.1

**2** 中國國家博物館
中國 北京
8.06

**3** 國家航空太空博物館
美國 華盛頓特區
7

**4** 大都會藝術博物館
美國 紐約
7

**5** 梵蒂岡博物館
義大利 羅馬梵蒂岡
6.427

**6** 上海科技館
中國 上海
6.421

**7** 美國自然史博物館
美國 紐約
6

**8** 大英博物館
英國 倫敦
5.9

**9** 泰特現代藝術館
英國 倫敦
5.6

**10** 國家藝廊
美國 華盛頓特區
5.23

**11** 國家美術館
英國 倫敦
5.22

**12** 國立自然史博物館
美國 華盛頓特區
5

# 21.旅行
# 必備的詞語

## 1/用二十三種語言說你好和謝謝

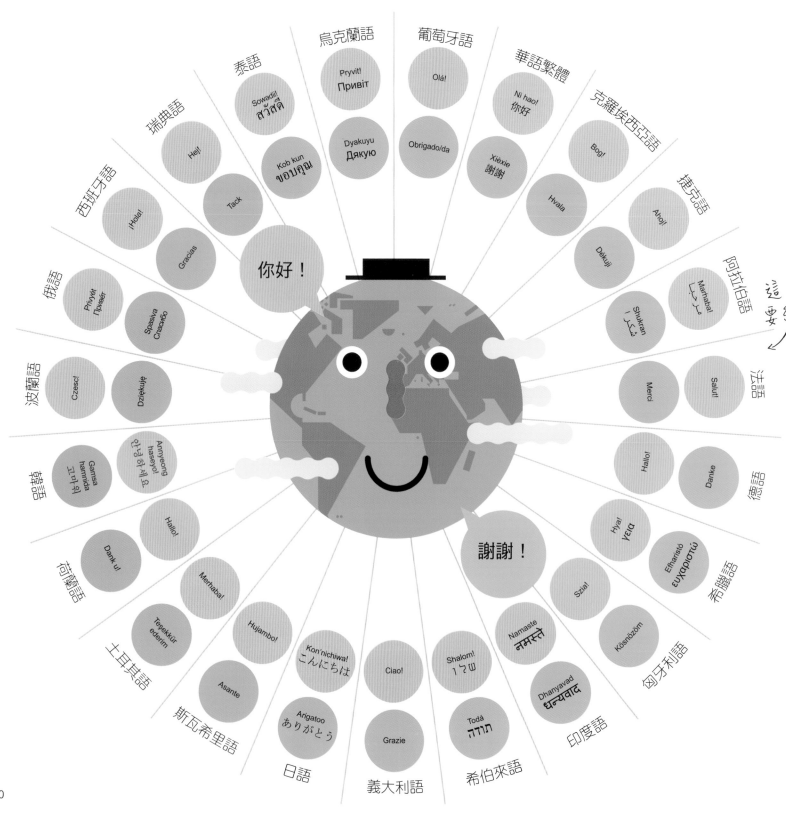

烏克蘭語 · Pryvit! Привіт · Dyakuyu Дякую

葡萄牙語 · Olá! · Obrigado/da

華語繁體 · Ni hao! 你好 · Xièxie 謝謝

克羅埃西亞語 · Bog! · Hvala

泰語 · Sawadji! สวัสดี · Kob kun ขอบคุณ

捷克語 · Ahoj! · Děkuji

瑞典語 · Hej! · Tack

阿拉伯語 · Marhaba! · Shukran

這個練要

西班牙語 · ¡Hola! · Gracias

你好！

法語 · Merci · Salut!

俄語 · Privyét Привéт · Spasiva Спасибо

德語 · Merci · Danke

波蘭語 · Czesc! · Dziękuję

希臘語 · Efharistó · Yia!

韓語 · Gamsa hamnida 감사합니다 · Annyeong haseyo! 안녕하세요

謝謝！

匈牙利語 · Szia! · Köszönöm

荷蘭語 · Hallo! · Dank u!

印度語 · Namaste नमस्ते · Dhanyavad धन्यवाद

土耳其語 · Merhaba! · Teşekkür ederim

斯瓦希里語 · Hujambo! · Asante

日語 · Kon'nichiwa! こんにちは · Arigatoo ありがとう

義大利語 · Ciao! · Grazie

希伯來語 · Shalom! שלום · Todá תודה

巴黎人講法語，我們覺得這次旅行前先學幾句簡單的法語也不錯，至少要能夠打招呼、表達要求以及道謝。

所以懂一些手勢也很重要喔！

# 2/用手說話

## 法國

兩根手指指著鼻子：
「就是這麼簡單。」

食指觸碰眼睛下方：
「我不相信你。」

手指合併，手掌向上：
「很緊張。」

## 俄羅斯

食指觸碰喉嚨：
「我們來喝點什麼吧。」

從後腦勺搔耳朵：
「事情有點複雜。」

用拇指在喉部畫一橫線：
「我受夠了！」

## 日本

食指碰鼻尖：
「我。」

兩指向上，手心向外：
「開心！」

手臂在胸前交叉：
「禁止或不可以。」

## 美國和英國

舉手把兩指形成環狀：
「好的，OK！」

兩指交叉：
「祝你好運！」

跟對方互相觸拳：
「朋友，你好！」

## 中國

小指互勾：
「約定好囉！」

手掌貼在心上：
「真心的承諾。」

用食指抓抓臉頰：
「羞羞臉！」

## 墨西哥

手心向內，舉起手掌：
「謝謝！」

集中指尖，晃晃手：
「很多。」

手掌摸另一隻手臂的
手肘：「小氣。」

## 巴西

手背觸碰下巴：
「亂講，你吹牛！」

舉起手掌，然後把手指反覆
開合：「都滿出來了！」

揮動兩手，手指互相摩擦：
「我才不在乎呢！」

## 西班牙

快速打開然後合起手掌：
「已經滿了！」

前臂從腰部的高度開始上
下揮動：「快點，都動起
來吧！」

手指沿著鼻樑往下滑：
「我沒錢。」

## 迦納

搔一搔手掌心：
「算帳。」

手掌拍拍肚子：
「飽了。」

手心向下，揮動手掌：
「過來這裡！」

## 義大利

手指戳著臉頰轉一轉：
「好吃耶！」

合掌，上下揮動：
「真令人難以相信！」

用手背摸下巴：
「我完全不在意！」

## 1/世界上年降雨量最多的國家

哥倫比亞 3,240 mm

聖多美普林西比民主共和國 3,200 mm

巴布亞紐幾內亞 3,142 mm

哥斯大黎加 2,926 mm

馬來西亞 2,875 mm

巴西 1,761 mm

紐西蘭 1,732 mm

日本 1,668 mm

智利 1,522 mm

英國 1,220 mm

斯洛維尼亞 1,162 mm

愛爾蘭 1,118 mm

法國 867 mm

葡萄牙 854 mm

比利時 847 mm

義大利 832 mm

斯洛伐克 824 mm

荷蘭 778 mm

墨西哥 758 mm

美國 715 mm

丹麥 703 mm

德國 700 mm

捷克 677 mm

中國 645 mm

西班牙 636 mm

烏克蘭 565 mm

波蘭 600 mm

土耳其 593 mm

阿根廷 591 mm

匈牙利 589 mm

俄羅斯 460 mm

以色列 435 mm

蒙古 241 mm

伊朗 228 mm

突尼西亞 207 mm

卡達 74 mm

沙烏地阿拉伯 59 mm

利比亞 56 mm

埃及 51 mm

## 3/世界上氣候最極端的城市

世界上最冷的城市
雅庫次克
俄羅斯
溫度經常降到-40℃。
最低曾經降到-64.4℃。

世界上最熱的城市
科威特市
科威特
年均溫度是34.3℃，
夏季最高達到45-47℃。

我爸爸說我們應該帶雨衣去巴黎，因為那裡經常下雨。但是那裡還不是世界上最會下雨的地方呢！

其實有些熱帶國家才真的很會下雨。有些城市經常出太陽，另外有些城市的天氣顯得很極端，

不是很冷，就是很熱，或者風很大。

## 2/年均日照時數最多的城市

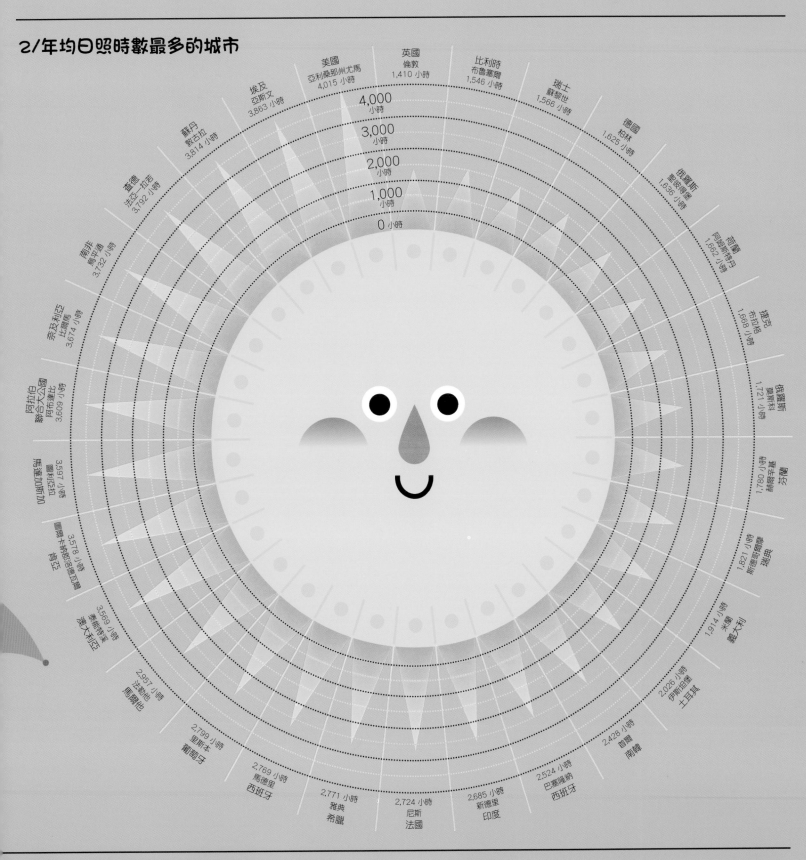

美國 亞利桑那州尤馬 4,015 小時
英國 倫敦 1,410 小時
比利時 布魯塞爾 1,546 小時
埃及 亞斯文 3,863 小時
蘇丹 敦古拉 3,814 小時
瑞士 蘇黎世 1,566 小時
德國 柏林 1,625 小時
查德 法亞-拉若 3,792 小時
伊羅斯 聖彼得堡 1,636 小時
南非 烏平頓 3,732 小時
高爾 阿姆斯特丹 1,662 小時
捷克 布拉格 1,668 小時
奈及利亞 比鄔馬 3,674 小時
俄羅斯 莫斯科 1,721 小時
阿拉伯聯合大公國 阿布達比 3,609 小時
芬蘭 赫爾辛基 1,780 小時
加彭 坦博尼？ 3,597 小時
瑞典 斯德哥爾摩 1,821 小時
肯亞 3,578 小時 圖關卡納胡池德瓦羅
義大利 米蘭 1,914 小時
澳大利亞 3,569 小時 蘇爾特阿
土耳其 伊斯坦堡 2,026 小時
馬爾他 2,957 小時 法勒他
南韓 首爾 2,428 小時
葡萄牙 里斯本 2,799 小時
西班牙 巴塞隆納 2,524 小時
西班牙 馬德里 2,769 小時
希臘 雅典 2,771 小時
法國 尼斯 2,724 小時
印度 新德里 2,685 小時

4,000 小時
3,000 小時
2,000 小時
1,000 小時
0 小時

**世界上最乾燥的城市**
亞斯文
埃及
一年降下的雨水不到1毫米，這裡不下雨但是有尼羅河！

**世界上最潮溼的城市**
布埃文納文圖拉
哥倫比亞
每年降雨超過6,275.6毫米。

**世界上風最大的城市**
威靈頓
紐西蘭
每年平均有22天風速超過時速74公里，有173天超過時速59公里。

# 23.遊樂園

**1/**按照遊客人數排名,列出世界上最受歡迎的遊樂園

**2/**按照遊客人數排名,列出世界上最受歡迎的水上遊樂園

## 1/世界上最受歡迎的遊樂園

**1** 華特迪士尼世界度假區
神奇王國
美國 佛羅里達州 奧蘭多

**2** 迪士尼樂園
美國 加利福尼亞州 安納海母

**3** 東京迪士尼樂園
日本 東京

**4** 日本環球影城
日本 大阪

**5** 東京迪士尼海洋
日本 東京

**6** 華特迪士尼世界度假區
迪士尼動物王國
美國 佛羅里達州 奧蘭多

**7** 華特迪士尼世界度假區
未來世界
美國 佛羅里達州 奧蘭多

**8** 上海迪士尼樂園
中國 上海

**9** 華特迪士尼世界度假區
好萊塢夢工廠
美國 佛羅里達州 奧蘭多

**10** 奧蘭多環球影城
美國 佛羅里達州 奧蘭多

| 遊客人數 | | | | | | | | | |
|---|---|---|---|---|---|---|---|---|---|
| 20,450,000 | 18,300,000 | 16,600,000 | 14,935,000 | 13,500,000 | 12,500,000 | 12,200,000 | 11,000,000 | 10,722,000 | 10,198,000 |
| **1** | **2** | **3** | **4** | **5** | **6** | **7** | **8** | **9** | **10** |

弟弟說行程上要安排一天去遊樂園玩。我也喜歡去遊樂園，尤其是去水上遊樂園。世界上有很多遊樂園，有一些有很大的游泳池，甚至有滑水道。

## 2/世界上最受歡迎的水上遊樂園

1 長隆水上樂園
中國 廣州

華特迪士尼世界度假區
颱風湖
2
美國 佛羅里達州 奧蘭多

3 雙橙溫泉水上樂園
巴西 奧林匹亞聖保羅

4 華特迪士尼
世界度假區
灘水上樂園
里達州 奧蘭多

巴哈馬水上冒險樂園
巴哈馬 5

奧蘭多環球影城
火山灣水上樂園 6
美國 佛羅里達州 奧蘭多

8 海洋世界水上樂園
美國 佛羅里達州
奧蘭多

熱河溫泉公園
巴西 卡爾達斯諾瓦斯 7

我想去這裡玩！

9 加勒比海灣
南韓 京畿道

10 水上冒險樂園
阿拉伯聯合大公國 杜拜

遊客人數

| 2,690,000 | 2,163,000 | 2,007,000 | 1,945,000 | 1,831,000 | 1,500,000 | 1,481,000 | 1,382,000 | 1,380,000 | 1,350,000 |
|---|---|---|---|---|---|---|---|---|---|
| 1 | 2 | 3 | 4 | 5 | 6 | 7 | 8 | 9 | 10 |

# 24.廚房中的食材與香味

1/這些食材雖然用量不多，卻讓料理獨具風味

2/這些是廚房必備的材料，所以經常出現在食譜中

## 1/廚房中最重要的食材

**8%** 孜然 非洲

**5%** 蘋果 美國

**30%** 麻油 亞洲

**8%** 秋葵 美國卡郡和克里奧

**13%** 酪梨 拉丁美洲

**16%** 花生油 中國

**7%** 雞蛋麵 東歐／俄羅斯

**10%** 紅醋栗 英國／蘇格蘭

**5%** 香艾菊 法國

**15%** 酸菜 德國

**31%** 菲達起司 希臘

**5%** 黑芥籽油 印度

**5%** 羅馬式起司 義大利

**9%** 柴魚 日本

**7%** 杏桃 猶太

**10%** 菲達起司 地中海

**15%** 酪梨 墨西哥

**9%** 烤芝麻 中東

**10%** 孜然 摩洛哥

**8%** 鯡魚 斯堪地那維亞

**9%** 玉米 美國南部的靈魂食物

**8%** 黑豆 南美西部

**11%** 番紅花 西班牙和葡萄牙 *爸爸做的海鮮飯就是這種味道*

**11%** 薑 泰國

**14%** 泰國鳥眼辣椒 越南

暑假過得很愉快，但是結束以後，我也很高興終於回到家了。有很多東西，你要等到離開自己的國家，才會發現你有多麼懷念：例如，廚房裡的香氣。我尤其想念爺爺的燉肉！每一個國家和文化都有自己的特色，有自己的料理和味道。那一切都是獨一無二的！

## 2/最常用的調味品

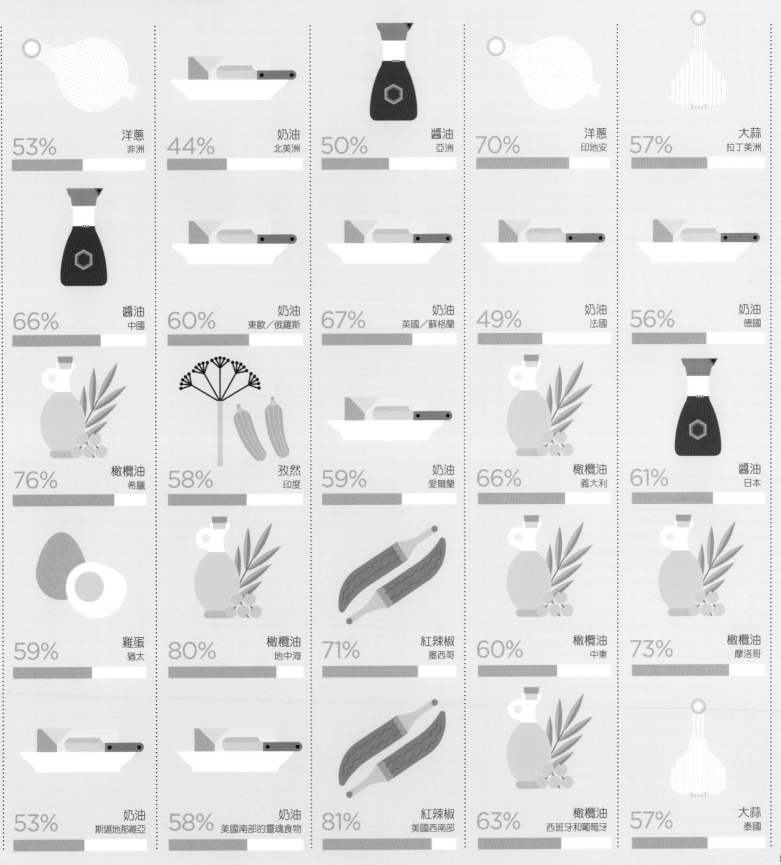

| 洋蔥 非洲 | 奶油 北美洲 | 醬油 亞洲 | 洋蔥 印地安 | 大蒜 拉丁美洲 |
|---|---|---|---|---|
| 53% | 44% | 50% | 70% | 57% |

| 醬油 中國 | 奶油 東歐／俄羅斯 | 奶油 英國／蘇格蘭 | 奶油 法國 | 奶油 德國 |
|---|---|---|---|---|
| 66% | 60% | 67% | 49% | 56% |

| 橄欖油 希臘 | 孜然 印度 | 奶油 愛爾蘭 | 橄欖油 義大利 | 醬油 日本 |
|---|---|---|---|---|
| 76% | 58% | 59% | 66% | 61% |

| 雞蛋 猶太 | 橄欖油 地中海 | 紅辣椒 墨西哥 | 橄欖油 中東 | 橄欖油 摩洛哥 |
|---|---|---|---|---|
| 59% | 80% | 71% | 60% | 73% |

| 奶油 斯堪地那維亞 | 奶油 美國南部的靈魂食物 | 紅辣椒 美國西南部 | 橄欖油 西班牙和葡萄牙 | 大蒜 泰國 |
|---|---|---|---|---|
| 53% | 58% | 81% | 63% | 57% |

# 25.生日

我的生日是9月7日。媽媽總是在那天為我準備我最喜歡的菜，然後邀請我的朋友來參加派對。我的生日剛好在開學的前幾天，大家都已經度假回來啦。我們一起玩遊戲，然後吹蠟燭、切蛋糕。今天我滿11歲了！世界上最多人在九月生日耶！你知道嗎？

## 1/全世界小孩出生月分分布表

59

1/用圓圈和色彩來表示當月出生人數。圓圈越大、顏色越深表示人數越多

2/一年裡會發生的事情

2/從你上一次生日到這一次生日發生了一些事情

已經過了
31,536,000
秒

你的心臟跳了
37,000,000
下

地球繞著太陽走了
940,000,000
公里

你的頭髮長了
12公分
你的指甲長了
4公分

你大約呼吸了
8,500,000
次

較多人出生　　　　　　　　　　較少人出生

西班牙　葡萄牙　希臘　土耳其　美國　日本　南韓　以色列　埃及　墨西哥　中國　香港　哥斯大黎加　澳大利亞　智利　紐西蘭

我的生日是這個月！

# 26.世界各地的聖誕節

馬上就要過聖誕節了。
這是一年當中我最高興的時候,我喜
歡唱聖歌,跟家人團聚,還有禮
物,以及為了節日而特製的食
物、糕餅和甜點。很多國家
都慶祝聖誕節,但不是全
世界都如此。

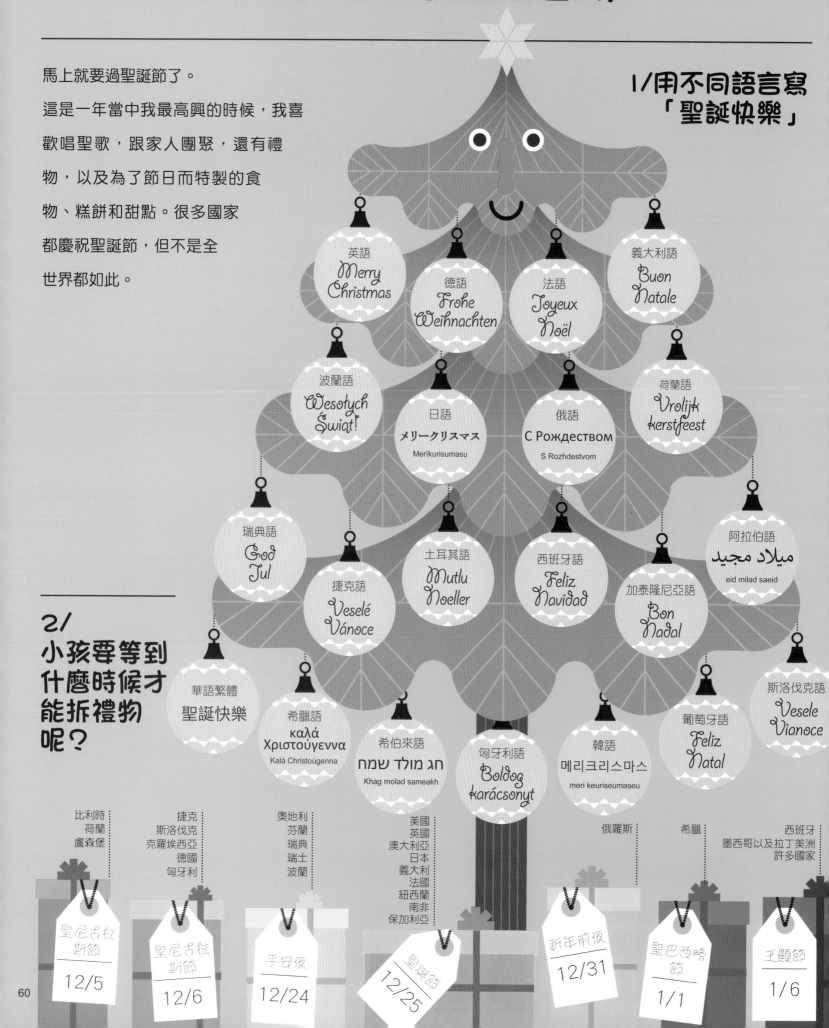

英語
Merry Christmas

德語
Frohe Weihnachten

法語
Joyeux Noël

義大利語
Buon Natale

波蘭語
Wesołych Świąt!

日語
メリークリスマス
Merīkurisumasu

俄語
С Рождеством
S Rozhdestvom

荷蘭語
Vrolijk kerstfeest

瑞典語
God Jul

捷克語
Veselé Vánoce

土耳其語
Mutlu Noeller

西班牙語
Feliz Navidad

加泰隆尼亞語
Bon Nadal

阿拉伯語
ميلاد مجيد
eid milad saeid

2/
小孩要等到
什麼時候才
能拆禮物
呢?

華語繁體
聖誕快樂

希臘語
καλά Χριστούγεννα
Kalá Christoúgenna

希伯來語
חג מולד שמח
Khag molad sameakh

匈牙利語
Boldog karácsonyt

韓語
메리크리스마스
meri keuriseumaseu

葡萄牙語
Feliz Natal

斯洛伐克語
Vesele Vianoce

比利時
荷蘭
盧森堡

捷克
斯洛伐克
克羅埃西亞
德國
匈牙利

奧地利
芬蘭
瑞典
瑞士
波蘭

美國
英國
澳大利亞
日本
義大利
法國
紐西蘭
南非
保加利亞

俄羅斯

希臘

西班牙
墨西哥以及拉丁美洲
許多國家

聖尼古拉斯節
12/5

聖尼古拉斯節
12/6

平安夜
12/24

聖誕節
12/25

新年前夜
12/31

聖巴西略節
1/1

主顯節
1/6

1/用二十一種語言祝賀聖
　誕快樂

2/根據不同習俗，拆禮物
　的日子也不同

3/有無聖誕節的世界地圖

4/各國在聖誕節吃的糕餅

不放假

放假

## 4/各國的
## 聖誕節糕餅

口格諾聖嬰麵包
比利時

聖誕賢士甜圈麵包
葡萄牙

聖誕樹幹蛋糕
法國

聖誕蛋糕
英國

貝格麗罌粟麵包捲
匈牙利

托尼甜麵包
義大利

夢幻蛋糕
丹麥

日式聖誕蛋糕
日本

荷式聖誕蛋糕
荷蘭

聖誕餅乾
希臘

罌粟籽蛋糕
波蘭

聖誕辮子麵包
捷克

甜麵包捲
烏克蘭

斯特德拉蛋糕
斯洛伐克

賢士甜圈麵包
西班牙
墨西哥

安多倫聖誕乾果麵包
德國／奧地利

聖誕麵包
智利

主顯節
我們吃
這個吧！

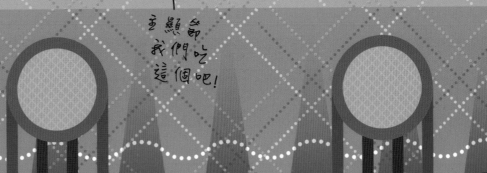

# 27.世界上各種宗教

## 1/宗教世界地圖

1/顯示主要宗教信徒比例分布的地圖

2/世界主要宗教信徒比例，還有主要宗教的信徒人數

3/不同宗教特色建築

4/某些宗教的飲食禁忌

| 基督教 | 伊斯蘭教 | 印度教 | 佛教 | 猶太教 | 中國宗教 | 南北韓宗教 | 神道教 | 民間信仰 | 沒有宗教信仰 |
|---|---|---|---|---|---|---|---|---|---|

## 2/世界各宗教的信徒比例

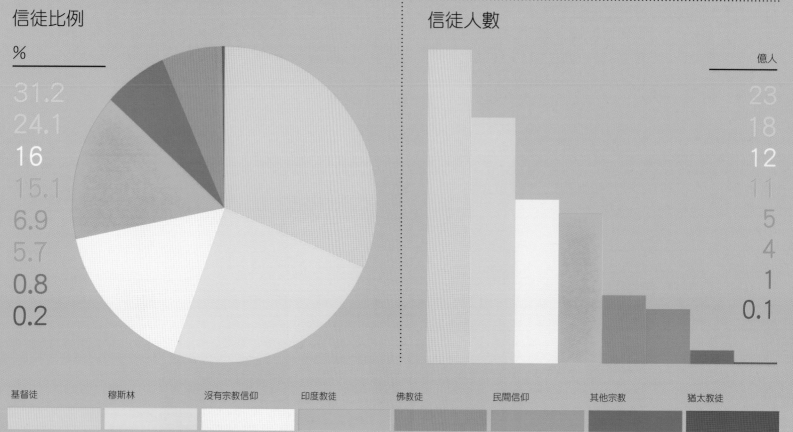

信徒比例

%

31.2
24.1
16
15.1
6.9
5.7
0.8
0.2

信徒人數

億人

23
18
12
11
5
4
1
0.1

| 基督徒 | 穆斯林 | 沒有宗教信仰 | 印度教徒 | 佛教徒 | 民間信仰 | 其他宗教 | 猶太教徒 |
|---|---|---|---|---|---|---|---|

世界上有許多不同的宗教，有很多人信奉不同的神明。

我們家不太注重宗教信仰，但是在我們的國家，文化習俗和節慶都與宗教息息相關。

世界上有很多非常美麗的教堂和廟宇，我都很想去參觀。

## 3/各種聖堂

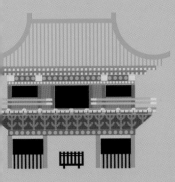

### 神社
早期神道教在露天處舉辦儀式，鳥居是神社的入口，也是神道的象徵物。

### 印度廟
這些廟宇建成錐狀塔，其中大多供奉神像。

### 猶太會堂
猶太人在此聚集，一起在這裡敬拜和讀經。

### 羅馬天主教堂
這也是「神之家」，雖說天主無所不在，但是教徒要在此聚集，一起禱告，參加彌撒儀式。

### 東正教堂
教堂特色是傳統圓頂，這裡是傳統天主教徒進行儀式，向主祈禱的地方。

### 基督新教教堂
新教徒在此進行彌撒儀式，也信奉天主和基督耶穌。

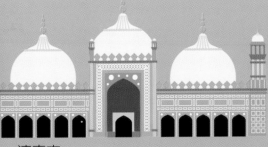

### 清真寺
這是伊斯蘭教的信仰中心。穆斯林在此聚集，一起祈禱。

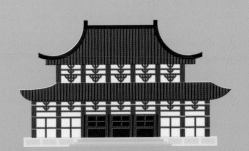

### 佛堂
這是佛教徒聚集的地方。舍利塔是這種廟宇的特色結構。

## 4/各種宗教的飲食禁忌

牛　豬　雞　魚及海鮮　奶製品　酒類

禁止食用　　可食用　　有限制

**巴哈伊信仰**

**佛教**

全素尤佳，不殺生

**基督教／新教**

**傳統天主教**

**印度教**

**伊斯蘭教**

清真*　　　　　清真*

**猶太教**

潔食（科謝魯特）*　潔食（科謝魯特）*　不食海產　不可與肉類混食

**摩門教**

**羅馬天主教**

**錫克教**

有的族群遵守清真規定，有的奉行猶太教規定

\* 清真：按伊斯蘭教義處理食材，譬如宰殺牲口的方式。
\* 潔食（科謝魯特）：按照猶太教義處理的食物和飲料，也規定如何宰殺牲口。

# 28.
# 如果
# 世界上
# 只有
# 100
# 個人

世界如果

小一點，

我們就比較容易

想像它的模樣。

譬如說，

世界上只有

一百個人。

假設世界上只有一百個人，
這裡的每個圓圈就代表一個人。

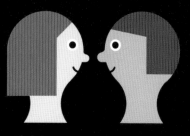

性別

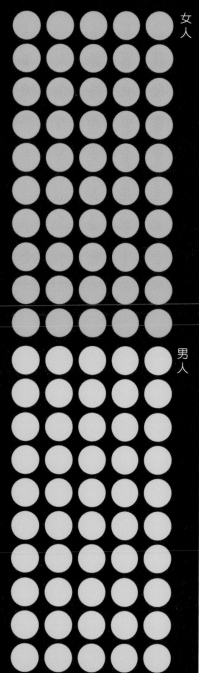

女人

男人

50 50

年齡

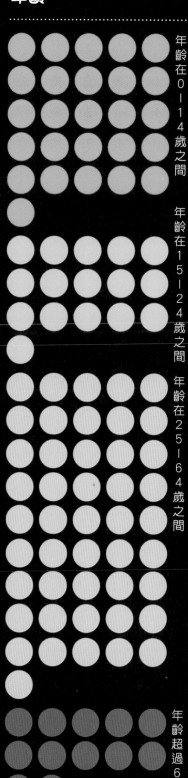

年齡在0|14歲之間

年齡在15|24歲之間

年齡在25|64歲之間

年齡超過65歲

26 16 46 12

居住地

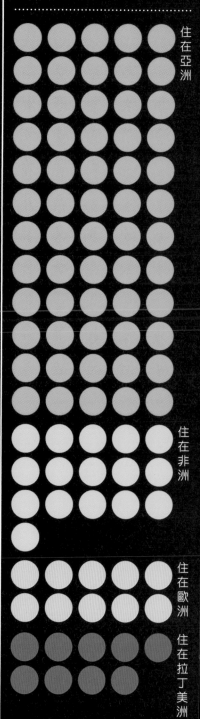

住在亞洲

住在非洲

住在歐洲

住在拉丁美洲

住在北美洲

60 16 10 9 5

## 宗教

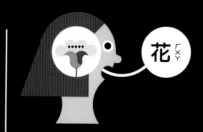
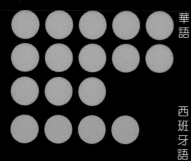

## 母語

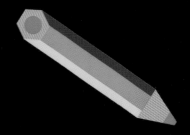

## 受教育

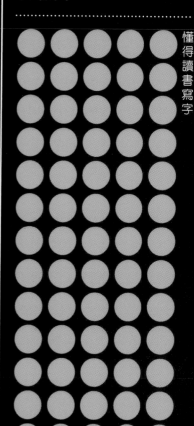

## 鄉村和城市

| 宗教 | 母語 | 受教育 | 鄉村和城市 |
|---|---|---|---|

基督徒

穆斯林

沒有宗教信仰

印度教徒

佛教徒

其他宗教

---

華語

西班牙語

英語

阿拉伯語

印度語

孟加拉語

葡萄牙語

俄語

日語

旁遮普語

其他語言

---

懂得讀書寫字

不會讀書寫字

---

住在城市

住在鄉村

---

**31 24 16 15 7 7**　　**13 4 4 3 3 2 2 2 1 1 65**　　**86 14**　　**55 45**

# 資料來源：

## 1. 常見的名字

常見的名字：List of most popular given names. (Newborn children-Country census 2010-2017)。維基百科。美國資料來自：Top names of the period 2010-2017. Social Security網站。

## 2. 不同家庭的組成

(1) 每個家庭的子女數量：Countries by total Fertility Rate.《世界概況》(2018)，美國中央情報局出版。
(2) 婦女平均生育子女數量：The decline of the number of children per woman since 1950，《世界人口展望》(2017)，聯合國社會與經濟事務部出版。
(3) 不同的家庭結構：資料來自 Most Common Family Types in America，邱南森／作，2016，Flowingdata網站。

## 3. 寵物

(1) 十種最受歡迎的狗：
Most popular breeds worldwide. DogWellnet.com. IPFD (International Partnership for Dogs)。
(2) 養寵物的家庭：Pet Ownership: Global GfK survey。2016，捷孚凱行銷研究顧問有限公司(GfK)。
(3) 寵物的種類：Pet Ownership: Global GfK survey。2016，捷孚凱行銷研究顧問有限公司(GfK)。
(4) 各國喜歡的寵物類型：Dogs Worldwide Figures。2013，世界畜犬聯盟(Federation Cynologique Internationale)。

## 4. 世界人口

(1) 各國人口數量：Countries in the world by population。2018，世界實時統計數據(Worldometers)。
(2) 世界男女比例：Distribution of the world's population by age and sex，《世界人口展望》(2017)，聯合國社會與經濟事務部出版。
(3) 預估2100年人口數量：Population of the world: estimates, 1950-2015, and medium-variant projection with 95 per cent prediction intervals, 2015-2010，《世界人口展望》(2017)，聯合國社會與經濟事務部出版。
(4) 世界人口分布：Distribution of the world's population by continent，《世界人口展望》(2017)，聯合國社會與經濟事務部出版。

## 5. 世界上的語種

(1) 世界上最多人使用的十大語種：The World's Most Spoken Languages. Estimated of first-language speakers worldwide in 2017 (in millions)，第二十版《民族語全球資料集》(2017)，資料來自民族語言網。
(2) 世界上最常使用語種地圖：World Language Map, 2017, Maps of World網站。
(3) 最受歡迎的第二語言：Most studied languuaues in the world.《華盛頓郵報》。2013，資料來自烏爾里希·阿蒙（德國杜塞道夫大學）。

## 6. 職業與工作

(1) 傳統職業：多方資料來源。
(2) 近十年才出現的五種新行業：10 Jobs that didn't exist 10 years ago. 2016，世界經濟論壇。

(3) 世界上的七十億人都在做什麼工作呢？What do 7 billion people do?。Funders and Founders網站，安娜·維塔爾(Anna Vital)／設計，資料來自美國中央情報局網站(cia.gov)、美國人口普查局網站(census.gov)、全球創業觀察網站(gemconsortium.org)。

## 7. 住宅

(1) 各國住家的平均面積：How big is a house. Average new home size around the globe in m²。2014，Shrinkthatfootprint網站，資料來自澳洲聯邦證券有限公司、負責任商業聯盟(RBA)、聯合國、美國人口普查局。
(2) 世界上各國的傳統住家：多方資料來源。

## 8. 都市人口

(1) 各城市與居民數量：Table 3: Built-Up Urban Areas by Land Area (Urban footprint): 2018 Urban Areas 500,00 & Over Population。第十四版《人口統計：世界城市地區》。2018，美國人口統計公司Demographia出版。
(2) 各城市的人口密度：Table 4: Built-Up urban areas by Urban Population Density (Urban footprint): 2018 Urban Areas 500,00 & Over Population。第十四版《人口統計：世界城市地區》。2018，美國人口統計公司Demographia出版。
(3) 1950年十大城市：These were the world's biggest cities in 1950.《世界城鎮化展望》(2014)，聯合國出版。
(4) 2030年十大城市：There will be the world's largest cities in 2030.《世界城鎮化展望》(2014)，聯合國出版。

## 9. 世界各地的早餐

一般的兒童早餐：多方資料來源。

## 10. 城市大塞車

(1) 世界上最會塞車的城市：The Cities with the Biggest Traffic Jams. Major world cities where the average commuter spent most hours in congestion in 2017. 全球交通計分卡。2017，INRIX 公司。
(2) 每十人所擁有的汽車數量：Traffic jam. A Global Look on Transportation. The Auto Insurance公司。

## 11. 學校

(1) 各國義務教育時數與年數：Compulsory instruction time in general education. Primary and lower education, in public institutions《2017年教育概覽：OECD指標》，經濟合作暨發展組織(OECD)出版。
(2) 入學年齡。
(3) 入學年齡分布地圖：Children ages at primary school entry vary from five to seven worldwide. 世界發展指標。2014，世界銀行。When do children start school in Europe? Age which school is compulsory in Europe. 2017，Statista網站，資料來自歐洲聯盟委員會教育資料庫(Eurydice)。
(4) 世界上沒有上學的兒童：Out of school population among children of primary school age (millions) by sex. 2000-2016. 2018，聯合國教育、科學與文化組織統計

研究所知識庫(UNESCO Institute for Statistics)。
(5) 現在的年輕人都學什麼呢？What do Young adults study?《2017年教育概覽：OECD指標》，經濟合作暨發展組織(OECD)出版。

## 12. 制服

(1) 校服：多方資料來源。
(2) 小學每個班級的平均人數：Average class size by type of institution (2015) Average between Public and Private Schools《2017年教育概覽：OECD指標》，經濟合作暨發展組織(OECD)出版。

## 13. 學校的營業午餐

各國一般午餐：多方資料來源。

## 14. 功課

(1) 各國功課量排名：The Countries Where Kids Do the Most Homework. Hours of homework per week in selected countries (15 years old students). 2017，經濟合作暨發展組織(OECD)。
(2) 父母陪讀時數：In loco parentis: How much time do you spend helping your child academically with their education per week. 2017，經濟合作暨發展組織(OECD)。
(3) 哪些國家的小孩最怕數學作業？Levels of "mathematics anxiety". 國際學生能力評估計劃(Informe PISA). 2017，經濟合作暨發展組織(OECD)。

## 15. 社群網路

(1) 父母規定每天可以上網的時數：2018 DQ Impact Report, 2018，DQ Institute. 備註：年齡8-12歲。資料由美國紐約eMarketer公司提供。
(2) 孩子面對螢幕的每週平均時數：New Family Dynamics in Connected World. 2017，英特爾安全公司(Intel Security)。備註：年齡8-12歲。資料由美國紐約eMarketer公司提供。
(3) 兒童上網設備：2018 DQ Impact Report, 2018，DQ Institute. 備註：年齡8-12歲。資料由美國紐約eMarketer公司提供。
(4) 主要的社群網站：2018 DQ Impact Report, 2018，DQ Institute. 備註：年齡8-12歲。資料由美國紐約eMarketer公司提供。
(5) 社群網站的年齡限制：Age Restriction for Social Media Platforms. Digital Parenting Coach網站。

## 16. 閱讀

(1) 世界上最受歡迎的十大著作：Top 10 Most Read Books in The World, Squidoo.com/mostreadbooks
(2) 各國學校必讀書目：Required Reading: the books that students read in 28 countries around the world. 2016, TED
(3) 各國每週看書時數排名：Which countries read the most? Hours spent Reading per person per week (selected countries). Statista網站，資料來自NOP世界文化評分指數。

## 17. 世界各國的運動

(1) 各國最多人關注的運動項目：The Most Popular Spectators Sports Worldwide. Statista網站。
(2) 世界上最多人從事的運動：Los 10 deportes más practicados en el mundo, Sportzone運動用品店調查，資料來自奧林匹克委員會的204問卷統計調查結果。

## 18. 各國的兒童遊戲

各國的兒童遊戲：多方資料來源。

## 19. 暑假

(1) 學校暑假放幾週？School's out For Summer: number of weeks of summer school holidays in Primary School in 2015. Statista網站。數據來自歐洲聯盟委員會。
(2) 國際旅客人數：Inbound Tourism 1995-2016.《世界旅遊亮點》(2017)，聯合國世界旅遊組織出版。
(3) 國際旅客最多的國家：World's Top Tourism Destinations, 2016.《世界旅遊亮點》(2017)，聯合國世界旅遊組織出版。

## 20. 旅遊勝地

(1) 世界上訪客最多的城市：The World's Most Visited Cities. Cities with most visitors in 2017 (People staying for at least 24 hours). Statista網站，數據來自歐睿國際信息資訊公司和世界經濟論壇。
(2) 最多人參觀的博物館：The most visited museums in the world 2017. 2018，艾亦康工程顧問股份有限公司(AECOM)和主題娛樂協會(Themed Entertainment Association)。

## 21. 旅行必備的詞語

(1) 用二十三種語言說你好和謝謝：21 ways to say hello and thank you. 資料來自Livinglanguage.com
(2) 用手說話：Around the world in 42 hand gestures. 2016, Worktheworld, 資料來自ISGS (Internatonal Society for Gesture Studies)、《紐約郵報》、《時代雜誌》和CNN有線電視新聞網。

## 22. 全球氣候

(1) 世界上年降雨量最多的國家：Average precipitation in depth (mm per year). 2014，世界銀行。
(2) 年均日照時數最多的城市：Sunshine averages for 1961 to 1990 that were provided for 1290 countries and territories. 世界氣象組織。
(3) 世界上氣候最極端的城市：多方資料來源。

## 23. 遊樂園

(1) 世界上最受歡迎的遊樂園：Top 20 Amusement/Theme Parks Worldwide. 2018, 艾亦康工程顧問股份有限公司(AECOM)和主題娛樂協會(Themed Entertainment Association)。
(2) 世界上最受歡迎的水上遊樂園：Top 25 Water Parks Worldwide. 2018, 艾亦康工程顧問股份有限公司(AECOM)和主題娛樂協會(Themed Entertainment Association)。

## 24. 廚房中的食材與香味

(1) 廚房中最重要的食材：The most distinctive ingredient by cuisine. Quarz 雜誌，資料來自Economics 中的食譜網站Epicurious。
(2) 最常用的調味品：The most common ingredients. Quarz雜誌，資料來自Economics 中的食譜網站 Epicurious。

## 25. 生日

(1) 全世界小孩出生月分分布表：Live births by month, 人口統計資料庫(Demographic Statistics Database). 聯合國統計資料部門(UNSD)。
(2) 從你上一次生日到這一次生日發生了一些事情：多方資料來源。

## 26. 世界各地的聖誕節

(1) 用不同語言寫「聖誕快樂」：多方資料來源。
(2) 小孩要等到什麼時候才能拆禮物呢？
When Do Children Open Their Presents?
網址：Fromyoumyflowers.com／網址：whychristmas.com
(3) 聖誕節會放假的國家：Countries that recognise Christmas as a Public Holiday. 網址：Timeanddate.com, 資料來自 Holidays and Observances Around the World, 資料來自創用CC, Maphobbyist。
(4) 各國的聖誕節糕餅：A Slice of Christmas. Christmas Cakes from around the World

## 27. 世界上各種宗教

(1) 宗教世界地圖：World Religions. 2015，皮尤研究中心人口統計推算 (Pew Research Center Demographic Projections)。
(2) 世界各宗教的信徒比例：World Religions. 2015，皮尤研究中心人口統計推算 (Pew Research Center Demographic Projections)。
(3) 各種聖堂：多方資料來源。
(4) 各種宗教的飲食禁忌：Food and Religion. 美國查普曼大學菲施信仰中心 (Fish Interfaith Center)。

## 28. 如果世界上只有100個人

100 People: A World Portrait.
性別與年齡：World Bank based on age/sex distributions,《世界人口展望》(2017)，聯合國社會與經濟事務部。
居住地：《世界人口展望》(2017)，聯合國社會與經濟事務部。
宗教：The Changing Global Religious Landscape. 2015，皮尤研究中心人口統計推算 (Pew Research Center Demographic Projections)。
母語：第二十版《民族語全球資料集》(2017)，資料來自民族語言網。
受教育：Tasa de alfabetització total de adultos (% de personas de 15 años o más). 聯合國教育、科學與文化組織，數據統計局。
鄉村和城市：《城鎮發展》。2017，世界銀行。

5%    9%        10%          16%                    60%